突然の大雨で……
家に帰る手段がなく、泊めてもらう友人もいない。
ならば、ごくありふれた(?)高校生に過ぎない
茉莉花に残された手段は少ない。
「泊・め・て！ お願い！」
散々お世話になっているエロ系
裏垢女子の正体がクラスのアイドルだった件
@URAAKASAN
sanzan osewani natteiru
erokeiuraakajoshi no syoutai
ga class no idol datta ken

そう、これは紛れもない現実。
見慣れた自宅の風呂で
『立華　茉莉花』がシャワーを浴びている。

「あのね、私の服なんだけど」

「服？」

「うん。ここに来るまでに濡れちゃったじゃない？」

「そうだな」

「だから、私が着る服がないじゃない？」

「つまり、何が言いたいんだ？」

「だから、服を貸してって言ってるの！　察して！」

ひとつ屋根の下で
刺激がいっぱい!?

「な、な、な……」
舌がもつれて言葉が出ない。
『立華　茉莉花』こと
『ＲＩＫＡ』のバニーガール。
裏垢ではコスプレ写真を
掲載することもあったから、
おかしなことは何もない。
でも——この組み合わせはヤバい。
心当たりがありすぎる。
とっておきの“お礼”

ガリ勉くんと裏アカさん 2

散々お世話になっているエロ系裏垢女子の正体がクラスのアイドルだった件

鈴木えんぺら

HJ文庫
1108

口絵・本文イラスト　小花雪

contents
@URAAKASAN
プロローグ 005
第1章 009
ガリ勉くん、帰宅する
第2章 042
ガリ勉くん、堪える
第3章 114
ガリ勉くん、述懐する
第4章 145
ガリ勉くん、苦悩する
第5章 176
ガリ勉くん、走る
第6章 210
ガリ勉くん、踏み込む
第7章 254
ガリ勉くん、答える
エピローグ 279
あとがき 310

プロローグ

@URAAKASAN

優《やさ》しい音が耳をくすぐってくる。
外で荒《あ》れ狂《くる》う重苦しい雨のそれとは違《ちが》う、軽《かろ》やかな水の音が。
防音性を鑑《かんが》みれば、決して聞こえるわけがない音が。
だから、その音は存在しないはずの音だった。
──でも……聞こえる。
水が流れる柔《やわ》らかい音色が。
シャワーがすべらかな肌《はだ》を打つ音が。
何なら聞き覚えのある鼻歌まで交じっていた。
「幻聴《げんちょう》だ」
眼鏡の位置を直しながら強めな口調で断定したところで、何の意味もなかった。
イメージが奏《かな》でる音からは、たとえ耳を塞《ふさ》いでも逃《のが》れることは叶《かな》わない。
「……落ち着け」

雨に濡《ぬ》れて冷え切った身体が、頭が……妙《みょう》な熱を帯び始めていた。

麦茶を流《なが》し込《こ》んだばかりの喉《のど》はもうカラカラで、心臓は今にも爆発《ばくはつ》しそう。

——だが……この音が幻聴だったとしても……これは現実だ。

今度は声には出さず、じっと壁《かべ》を見つめた。

あの壁の向こうで、あの『立華《たちばな》　茉莉花《まつりか》』がシャワーを浴びている。

彼女《かのじょ》の身体を目にする機会はあった。何度もあった。

なぜなら……彼女は学校のアイドル『立華　茉莉花』であると同時に、ツイッターで人気のエロ自撮《じど》り画像投稿裏垢主《とうこううらあか》『ＲＩＫＡ』でもあったから。

でも。

それでも。

これまで『ＲＩＫＡ』が投稿《とうこう》してきた写真は、いずれも十八禁な部分が隠《かく》されている（一応）健全なものばかりだった。

今は違う。

おそらく違う。

シャワーを浴びている彼女の裸体《らたい》は、何ひとつ隠されていないに違いなかった。

「ぐぬぬ……」

本能と理性の狭間《はざま》から呻《うめ》きが漏《も》れる。

今まで蒐集《しゅうしゅう》してきた『ＲＩＫＡ』の画像が勝手に脳内再生されて止まらない。

一緒《いっしょ》に風呂《ふろ》に入るなんてトンデモな事態にはならなかったとは言え……直に目にしていないからこそ、いっそう想像力が掻《か》き立てられてしまっている。

「ふぅ……ふぅ」

口《くち》の端《はし》から漏れる吐息《といき》と一緒に、正気が零《こぼ》れ落ちていく。

こんな有様で風呂から上がった茉莉花を目にしたら、いったいどうなってしまうのか。

「友だち……俺《おれ》と立華は、ただの友だちだ」

何度も『友だち』を繰《く》り返した。まるで縋《すが》りつくように繰り返した。

ガラッ

ドアの開く音が聞こえて、呼吸が止まって身体が跳《は》ねた。

恐《おそ》る恐る振《ふ》り向くと——視線の先に茉莉花がいた。

覗《のぞ》かせているのは頭と肩《かた》のみ。

素肌《すはだ》の大部分は磨《す》りガラスが仕込《しこ》まれたドアに遮《さえぎ》られている。

肢体《したい》の大半はモザイク気味にしか見えないのに、桃色《ももいろ》に染まった肩だけがハッキリと輪《りん》郭《かく》を描《えが》いていた。

前髪《まえがみ》からはポタポタと水滴《すいてき》が落ちて、そのまま柔らかそうな肌を伝って床《ゆか》に垂れていた。

妄想《もうそう》をはるかに超越《ちょうえつ》した感動がそこにあった。一瞬《いっしゅん》で意識が漂白《ひょうはく》される。

それは、あまりにもシンプルで強烈《きょうれつ》すぎる衝撃《しょうげき》だった。

「……あ」

パクパクするだけの口から、一撃《いちげき》で言葉が奪《うば》われてしまった。

間近で目にする茉莉花の裸身《らしん》には圧倒的《あっとうてき》な破壊力《はかいりょく》があった。

彼女は——まだ、そのすべてを曝《さら》け出してはいないのに。

「狩谷《かりや》君、あのね——」

艶《なま》めく唇《くちびる》に乗せられた甘《あま》やかな声が理性を激しく揺《ゆ》さぶってくる。

向けられる漆黒《しっこく》の瞳《ひとみ》は見たことのない輝《かがや》きを宿していた。

ふたりの夜は、まだ始まったばかりだった。

第1章 ガリ勉くん、帰宅する

@URAAKASAN

『狩谷《かりや》 勉《つとむ》』は窓の外にチラリと視線を投げ、眉《まゆ》をひそめた。

中指を眉間《みけん》に寄せ、ずり落ちた眼鏡のフレームを押《お》し上げる。

「はぁ……これは堪《たま》ったものではないな」

自分の口から出た建設的でない響《ひび》きにじっとりした重みを覚えながら、スマートフォンを取り出してディスプレイをタップ。

表示された画面に目を走らせて、もう一度大きく息を吐《は》いた。

一学期の中間考査を終えて暦《こよみ》は六月を迎《むか》えていた。

夏に向かうこの季節の日本はとにかく雨、雨、そして雨。

つまりは梅雨《つゆ》であり、今日も今日とて湿気《しっけ》マシマシで不快指数が半端《はんぱ》ない。

加えて季節外れの台風が突《つ》っ込んできて、梅雨前線を刺激《しげき》してうんたらかんたら。

数日前からニュースを賑《にぎ》わせていた大雨の予想がものの見事に的中し、ツイッターは憂《ゆう》鬱《うつ》なコメントで埋《う》め尽《つ》くされていた。

『働きたくないでござる』
『こういう日は仕事休みにしろよ』
『雨が降ろうが雪が降ろうが伝染病《でんせんびょう》が蔓延《まんえん》しようが、この国は変わんねーな』
『今日は……帰れそうにないの』
『それはいつものことでは→』
顔を上げると、教室に残っている生徒の姿がチラホラと見受けられた。
彼《かれ》らもまた、揃《そろ》いも揃ってどんより濁《にご》った眼差《まなざ》しを窓の外に向けている。
終わりのホームルームで担任が『早く帰れ』と喚《わめ》いていたにもかかわらず。
――どうにもならんだろう、これは。
口うるさく注意されるまでもなく、誰《だれ》だってさっさと帰りたいに違いなかった。
でも……雨の中を歩く自分の姿を想像すると、脚《あし》が動かなくなってしまうのだ。
「まったく、鬱陶《うっとう》しいったらありゃしねぇ」
頬杖《ほおづえ》をついた勉の肩を叩《たた》いてきたのは、数少ない友人のひとり『天草《あまくさ》史郎《しろう》』だった。
髪《かみ》を茶色に染めた甘いマスクの遊び人、その顔に今日は珍《めずら》しく影《かげ》が差している。
――無理もない。
口を開くことなく頷《うなず》いた。

きっと自分も似たような顔をしている。

「せっかくの週末だってのによ。この天気じゃ、な～んもできね～じゃん」

「家に籠《こも》って勉強でもしたらどうだ？」

「あ～あ～あ～、正論なんか聞きたくね～」

史郎は両耳を塞いで大袈裟《おおげさ》に身体をくねらせた。

「気持ちはわかるが、ウザいぞ」

「言うねェ……勉さんは今日もバイトか？」

「いや、休みだ」

店主から先ほど送られてきたメッセージを見せると『だよなぁ』と史郎は頷いた。

梅雨&台風のツープラトンに立ち向かって店を開けても客が来る可能性は低い。

早めに営業を諦《あきら》める決断をしてくれる方が、雇《やと》われる側としてもありがたい。

「はぁ……グズグズしててもどうにもならんね。電車が止まる前に帰りますか」

「それがよさそうだ」

口をついて出た相づちは、どこか他人事みたいに突き放《はな》したものだった。

「家がすぐ近くにある奴《やつ》はいいよなぁ」

史郎のジト目はまるで可愛《かわい》げがなく、勉は無言で肩を竦《すく》める。

遠距離《えんきより》通学の生徒にとって移動手段の確保は極《きわ》めて重要な問題だが、学校の近くでひとり暮らしを営んでいる勉には、あまり関係ない話題だった。

「これで風邪《かぜ》まで引いちまったらマジで最悪っつーことで……泊《と》めてくんない、勉さん？」

「断る」

「ケチ」

「何とでも言え」

「はぁ、友だち甲斐《がい》がないねぇ」

「そうか？」

空とぼける裏では『友だち』という単語に脳が激烈《げきれつ》な反応を示していた。

──『友だち』とは、気楽に泊めたり泊められたりする間柄《あいだがら》なのか？

過去の記憶《きおく》を遡《さかのぼ》ってみたが、思い当たる事例は存在しない。

眉を寄せて首を捻《ひね》る勉に、史郎は苦笑《くしょう》を向ける。

「まぁ～いいや。勉さん。まった来週」

「……ああ、またな」

あっさり後を引かない声。

ひらひらと揺れる手、教室を後にする背中。

最初から期待されていなかったのか、人付き合いを不得手とする自分を気遣《きづか》ってくれたのか……いつもと変わらない史郎のリアクションから心情を推《お》し量《はか》るのは難しい。

わずかなもの寂《さび》しさを覚えた瞬間《しゅんかん》、脳裏《のうり》に彼女の笑顔《えがお》が閃《ひらめ》いた。

――立華《たちばな》はどうしてるかな？

立華。

『立華　茉莉花《まつりか》』

同い年で同じクラスの女の子。

昨年度文化祭のミスコン覇者《はしゃ》。自他ともに認める学校一の美少女。

彼女の姿を思い出すことは容易《たやす》い。それこそ――いつでもどこでも。

身長は百六十センチを少し超《こ》えたあたり。体重はトップシークレット。

腰《こし》まで届く艶《あで》やかなストレートの黒髪《くろかみ》は、いつでもサラサラでツヤツヤ。

大粒《おおつぶ》の黒い瞳と、すーっと通った鼻筋。桃色に艶めく小振《こぶ》りの唇が印象的。

全身に比して小さめの頭部に、顔のパーツが神がかった配置で収まっていた。

もちろん、首から下も完璧《かんぺき》だ。

薄手《うすで》の夏服に隠されたシルエットは胸元《むなもと》で内側から大きく盛り上がり、キュッと窄《すぼ》まった腰を経て下半身に向かう。お尻《しり》の位置は高く、校則違反《いはん》ギリギリまで詰《つ》められた短めのスカートから伸《の》びる白い脚は、スラリとしながらも健康的な肉付きが堪らない。

彼女は思春期男子の理想と妄想を限界まで突き詰めた美とエロスを体現していた。

さらには文武に長《た》けて交友関係も幅広《はばひろ》く、およそ弱点らしきものは見当たらない。

──表向きは、な。

一見すれば完璧超人《かんぺきちょうじん》な彼女は……しかし、決して完全無欠ではない。

裏では色々と込み入った事情が蟠《わだかま》っていることを、今の勉は知っている。

一例を挙げるなら……入学以来の両手の指では数えきれないほどの恋愛遍歴《れんあいへんれき》。

異性からの支持は熱い反面、同性から複雑な感情を向けられることも少なくない。

勉に勉強を教わろうとした際も人目を気にしていたあたり、カリスマじみた人物像を維《い》持《じ》するために並々ならぬ苦労を重ねているようでもあった。

それでも……彼女がスペシャルな存在であることは間違《まち》いない。

そして──勉と茉莉花は『友だち』の間柄であった。

──『友だち』……か。

先日行われた中間考査、その打ち上げの記憶が甦《よみがえ》った。

ふたりきりの薄暗《うすぐら》いカラオケボックスで茉莉花から告白された。

『恋愛《れんあい》経験がないから自信が持てない』と首を横に振った勉に、彼女は『友だちから始めよう』と言ってくれた。

さすがに答えはYESだった。この期に及《およ》んでNOはあり得なかった。

そんなこんなで茉莉花と正式（?）に『友だち』になって数日が経過した。

何か変わったかと問われても……特に何も変わらなかった。


『友だちって何なんだろうな?』

相手が茉莉花であることを伏《ふ》せて史郎に相談したことがある。

『立華さんか?』

『あくまで一般論《いっぱんろん》として聞いている』

『そうだなぁ……勉さんと立華さんはさぁ、友だちって雰囲気《ふんいき》じゃないんだよなぁ』

『だから俺の話を聞け。立華ではないと言って——そうか?』

史郎の思《おも》い込み（?）を否定しかけて、ストップ。

『友だちって雰囲気じゃない……だと?』

聞き捨てならないフレーズだった。

『ああ。だって彼女の友だちってめっちゃ多いけど、お前さんは自分がアイツらと同じって思ってないだろ?』

『それは……そうかもしれんな』
『違うよ。全然違う。向こうだってお前さんと自分たちが同じとは思ってないって』
茉莉花の周りにたむろしている連中とは違う。
彼女が付き合ってきた他の男子とも違う。
どちらが上でも下でもなく、ただ違う。
『オレにはそう見えるぜ。まぁ……いいか悪いかは別問題だけどよ』
友だちには見えないが、彼氏《かれし》彼女《かのじょ》の関係にも見えない。
史郎の言い回しは、どうにも要領を得ないものだった。
『ならば……俺と立華との関係は、どういうものなんだ？』
『勉さんや、それをオレに聞いてどうする？』
『……というと？』
『お前さんたちの関係は、お前さんたちが決めるもんだ。違うか？』
ぐうの音も出ない正論であった。
以来、勉はずっと考え続けている。
答えは——まだ出ていない。

──立華は……もう帰ったのか？

人影《ひとかげ》が少なくなった教室を見回しても、目当ての姿を捉《とら》えることはできなかった。

「……いないな」

茉莉花は良くも悪くも目立つ存在だ。

見間違《みまちが》えたり見逃《みのが》したりすることは絶対にない。

「……帰るか」

後頭部をガシガシと掻きむしって席を立った。

重い足取りで昇降口《しょうこうぐち》に向かうと、ここにも生徒が残っていた。

誰もが傘《かさ》を手にしておらず、空を見上げて不満げな表情を浮《う》かべている。

恐らく自宅からの迎えを待っていると推測された。

──いくら大雨だからって高校生にもなって車待ちか。親は大変だな。

呆《あき》れながらも感心し、ほんのわずかな羨望《せんぼう》を覚えた。

歩いてすぐそこに住んでいる自分には縁《えん》のない話なのに。

「あれ、狩谷君？」

下履《したば》きに履《は》き替《か》えたタイミングで、背中から声をかけられた。

耳に優しく響く透《す》きとおる声。甘くて爽《さわ》やかで病《や》みつきになる。

振り向けば――そこには、先ほどまで探していた少女の姿があった。

学校のアイドルにして今や勉の『友だち』である『立華　茉莉花』だ。

いつもは軽やかに流れる黒髪が、今日は湿気を吸って重たそうに見えた。

彼女の顔を目にするだけで、何となく心が浮き立つことを自覚させられる。

脳裏に史郎の顔が浮かんだ。

イマジネーション友人が『それが友情か？』と尋《たず》ねてくる。

意味ありげな笑《え》みを浮かべる脳内フレンドの顔面に、不可視の拳《こぶし》を叩き込んで黙《だま》らせた。

「まだ帰ってなかったんだね」

「立華こそ何をやっていたんだ？」

「ん～、ちょっと友だちと話《はな》し込んでた」

『ちょっと』と言うわりには歯切れが悪かった。

あまり無遠慮《ぶえんりょ》に踏《ふ》み込んでいい話題ではなさそうだ。

それよりも……『友だち』と彼女が口にした瞬間、胸に鈍《にぶ》い痛みが走った。

眉をひそめて心臓のあたりを手で押さえると、痛みはすぐに消えてなくなった。

──なんだ？

胸の奥《おく》が苦しみを訴《うった》えていた。

最近は似たようなことが頻繁《ひんぱん》に起こる。

理由は判然としないし、今は詮索《せんさく》する状況《じょうきょう》でもない。

目の前に茉莉花がいるのだから。彼女を放置することはできない。

「話し込むって、こんな日にか？　帰ってからSNSでやればよくないか？」

「そー言われると……まぁ、そーなんだけど。でも、顔見て話したいこともあるじゃん」

カリスマ的存在である茉莉花の元には、しばしば相談が持ち込まれるとのこと。

多くの人間から頼《たよ》りにされている彼女が日々を過ごしているのは、対人関係が壊滅的《かいめってき》な勉には想像もつかない世界だった。

「そういうものか？」

「そーゆーものです」

靴《くつ》を履いた茉莉花は踊《おど》るようなステップで出口まで進み、肩を落とした。

「雨、凄《すご》いなぁ」

「梅雨だからな」

可愛らしいボヤキ声を聞き流し、勉は鞄《かばん》の中から折り畳《たた》みの傘を取り出した。

すぐ隣《となり》で茉莉花の瞳がキラリと輝いた。

「狩谷君にお願いがあります」

「……なんだ？」

いきなりのかしこまった口調、この上もなく胡散臭《うさんくさ》い。

彼女の『お願い』に振り回されてきた数々の記憶が、しきりに警鐘《けいしょう》を鳴らしてくる。

「そこまで身構えなくてもいいと思うなぁ」

「……これまでの自分の行いを振り返ってみたらどうだ？」

漆黒の瞳に至近距離《きょり》から見つめられると、上手《うま》く口が動かなくなる。

どうにかこうにか絞《しぼ》り出した勉の言葉を受けて、茉莉花は豊かに盛り上がった胸元に手を当てて目蓋《まぶた》を閉じた。

夏服に包まれた双丘《そうきゅう》に柔らかく沈《しず》み込む白い手のひらが、男の劣情《れつじょう》を刺激してくる。

絶対にワザとやっている。さして長い付き合いではないが、断言できる。

この美少女は勉に対してだけ、やたらとセクハラ的アクションをかましてくる。

動揺《どうよう》に身体を震わせてしまったが、露骨《ろこつ》につられてみせると大喜びされるので沈黙《ちんもく》を保った。

レンズ越《ご》しにガン見してしまっているものの、さすがに向こうは目を閉じているからバレていない……はずだ。

しばしの黙考《もっこう》の後、目を開けた茉莉花はニコリとほほ笑んだ。

「……とゆーわけで、狩谷君にお願いがあります」

心当たりはない……ことにしたらしい。

つくづく罪つくりな美少女だと思わざるを得ない。

振り回される側の人間としては堪ったものではない。

不快でないからこそ――なおさら堪ったものではない。

「わかった、わかった。さっさと言ってくれ」

「むぅ、そのぞんざいな扱《あつか》いに抗議《こうぎ》したい」

「却下《きゃっか》だ。ほら、早くしろ」

催促《さいそく》すると、これ見よがしなため息をつかれた。

実に解《げ》せない挙動だった。ため息をつきたいのは勉の方なのに。

「えっとね……駅まで送ってほしい、みたいな？」

首をかしげておねだりしてくる茉莉花。

黒髪がサラリと肩口《かたぐち》から流れ落ちる。

案の定、ロクでもないお願いだった。

「俺の家は駅とは逆方向だぞ」

「知ってる。前に聞いたし」

笑顔を避《さ》けて外を見ると相変わらずの雨模様。

予報では、これからさらに激しくなる見込《みこ》みだった。

——送れと言われてもなぁ。

折り畳み傘《がさ》の軽さが、やたらと頼りなく思えてくる。

再び視線を戻《もど》すと、期待に輝く茉莉花の瞳に射止められた。

彼女を見捨てて帰るのは、物理的にも心理的にも無理な話だった。

「……駅まで送ればいいんだな？」

「ありがと、狩谷君」

苦々しげに呟《つぶや》いたつもりなのに、口の中に苦みは広がらなかった。

◇

「ホントに凄い雨だねぇ」

「折り畳みの傘ぐらい、鞄に入れておいたらどうだ？」

「それがさぁ……昨日は友だちと夜遅《よるおそ》くまで盛り上がっちゃって。で、今朝は寝坊《ねぼう》してバタバタっと……ね？」

「迂闊《うかつ》すぎる」

「返す言葉もございません」

悪びれるでもなく、からりと笑う茉莉花の美貌《びぼう》が眩《まぶ》しい。

彼女のミスを自分がフォローする必要はないような気はするのだが……ふたりは肩を並べて降りしきる雨の中を突き進《すす》んでいた。それが現実だった。

――『友だち』だからな、俺たちは。

『友だち』が困っているなら、助けるのは当たり前。

茉莉花の頼《たの》みを断り切れなかった勉は、即興《そっきょう》で理屈《りくつ》を組み立てた。

同じ『友だち』枠《わく》である史郎の頼みを断ったことは、頭の中からすっ飛んでいた。

その無体を理不尽《りふじん》だとは思わなかった。罪悪感もない。

むしろ自然な流れだと納得《なっとく》してしまうまであった。

――『友だち』って……いったい何なんだ？

ふたりの扱いの差に違和感《いわかん》はなかった。

史郎のことは友人だと思っている。

でも——茉莉花と等価ではない。

チラリと横に目をやると、茉莉花が勉の隣を歩いている。

濡れないためとは言え、肩と肩が触《ふ》れ合うほどの距離に心が落ち着かない。

雨脚《あまあし》の激しさとは対照的に彼女の足取りは軽く、唐突《とうとつ》に鼻歌が聞こえてきたときには耳を疑ってしまった。

——この状況で鼻歌とは……

「ずいぶん楽しそうだな」

皮肉めいた口調、心の中では舌打ちひとつ。

上にブレたり下にブレたり、感情が制御《せいぎょ》できていない。

「うん、楽しいよ。だって狩谷君と一緒に帰るのって久《ひさ》し振《ぶ》りだし」

ど真ん中に豪速球《ごうそっきゅう》を返されて、声が喉から出なくなった。

「それに相合傘《あいあいがさ》だよ。狩谷君は楽しくない？」

「楽しいとか楽しくない以前の問題だ。こんな天気だぞ」

『相合傘だよ』と微笑《ほほえ》まれて心が震《ふる》えた。表情を崩《くず》さないために努力を要した。

美少女と相合傘。まさか自分にそんなイベントが訪《おとず》れるとは想定外にも程《ほど》がある。

……しかして現実は、まったくもってロマンティックな状況ではなかったが。

雨がヤバくて風がヤバい。地面から撥《は》ねあがってくる雨水もヤバい。

荒れ狂う風の音や看板がグラグラと揺れる音に交じって、時おり悲鳴が聞こえてくる。

ロマンティックというよりはデンジャラスなシチュエーションだった。

「逆だよ」

「逆？」

眉をひそめ、オウムのごとく問い返した。

茉莉花は頷いて、桃色の唇から言葉を紡《つむ》ぐ。

「晴れでも雨でもいい。狩谷君と一緒に帰るのは楽しい。これが一番大事」

声に偽《いつわ》りはなく、表情にも不自然なところはない。

心の底から自分と帰ることを楽しんでいる。

そこまで理解して、勉の胸が疼《うず》いた。

「……楽しいぞ」

「え？」

「俺も立華と一緒に帰るのは楽しい。そう言ったんだ」

普段《ふだん》は逆方向だから、なかなか機会もないしな。

そう付け加えると、茉莉花はクスリと笑みをこぼした。

「ま、迷惑《めいわく》かけてるのは間違いないんだけど。狩谷君、傘、もっとそっちにやっていいよ」

「俺はいいから、立華こそちゃんと中に入れ。肩が濡れているぞ」

「却下。無理言って入れてもらってる私が……きゃっ」

「む」

考えるより早く身体が動いた。横合いから飛び散ってくる水から茉莉花を庇《かば》うために。

ふたりは右側の歩道を歩いていた。勉が左で茉莉花が右。

左側は車道で、ひっきりなしに車が走っている。

車が撥ね上げる水は回避《かいひ》できないから、勉が身体を張ってガードしていた。

傘の角度もずっと右に傾《かたむ》けて固定。完全に茉莉花だけを守る姿勢だった。

お互《たが》いに口で譲《ゆず》り合っていても、実際に傘を支えているのは勉である。

この件に関しては、茉莉花の意向を受け入れる予定は一切《いっさい》なかった。

「隣を歩く女子を無視して、自分だけ傘に入っていられるものか」

口の中に入ってきた水と一緒に吐き捨てるように答えた。

「こーゆーときって、男とか女とか関係なくない？」

「立華が気にしなくても、俺が気にする」

「ふ〜ん。あっそ。ありがと」

「どういたしまして」

「む〜」

納得してなさげな声につられてチラリと横目で見てみれば、茉莉花も頭のてっぺんから足の先まで濡れ鼠《ねずみ》だった。

薄手の夏服が肌に張りついて下着が透けている。

――おお。

『濡れ透け』それは男のロマン。

つい見惚《みと》れてしまい、茉莉花と目が合ってしまった。

ニコリと微笑まれ、慌《あわ》てて前を向いた。

咳《せき》ばらいをひとつ。

「ねぇ、狩谷君。こっち向いて」

茉莉花の声から悪戯《いたずら》心を感じる。からかう気満々だ。

「断る」

「チラチラじゃなくって、堂々と見ていいのに」

「そういうことを言われると、いっそう見たくなくなるんだが」

「うわ、めんどくさい」

「どうしてそうなる？」

「自分の胸に聞いてみたら？」

隣を歩く茉莉花は学校のアイドルであると同時に、ツイッター界隈《かいわい》では名の知れたエロ自撮り投稿裏垢『ＲＩＫＡ』でもあるから、他の女子だったら噴飯《ふんぱん》もののセクハラトークや下心丸出しの視線も軽く受け流す度量を持ち合わせている。

男にとっては色々な意味で拝みたくなるほど稀有《けう》にしてありがたい存在だが、いくら何でも時と場合は弁《わきま》えるべきだと思った。

少なくともこの大雨の中でガン見するのはアウトだ。それは男として――だけでなく人として問題がある行為《こうい》に違いない。

そのあたりの一切合切《いっさいがっさい》を承知の上で尋ねてくるところが、茉莉花の質が悪いところだと思う反面、一筋縄ではいかない性格を含《ふく》めて彼女を嫌《きら》いになれなかったりする。

「ね、狩谷君」

「どうした？」

「私と一緒に帰るの、本当に楽しい？」

「ああ、楽しいさ」

即答《そくとう》した。本心だった。

いつもの帰途《きと》は口を引き結んで、早く家にたどり着くことだけを考えている。

これほど心躍ることはないし、口が緩《ゆる》むこともない。

過酷《かこく》な環境《かんきょう》の割には足取りも重くはない。

この心持ちを『楽しい』と呼ばなければ、何を『楽しい』と呼べばいいのかわからなくなってしまうに違いない。

「うんうん、嘘《うそ》は言ってないね」

茉莉花の顔に透明《とうめい》な笑みが浮かんだ。

雨に濡れても泥《どろ》が撥《は》ねてもきれいな顔。

そんな美少女と自分が『友だち』なのだ。

さらには、ふたりきりで一緒に下校ときた。

「そうだな。立華と一緒に帰るのは……こう、気分がいいな」

「そこまで言われると照れるなぁ」

「そうか？　立華の場合、言われ慣れてると思ってたが」

「あのねぇ……」

褒《ほ》めたつもりだったのに、いきなり機嫌《きげん》が悪くなった。

頬《ほお》を膨《ふく》らませるわ、視線を合わそうともしないわ。

——今度はいったい何なんだ？

あまりの豹変《ひょうへん》、理解不能すぎて困る。

「はぁ……違《ちが》うんだって、そーゆーのと」

「違うって、何が？」

「なんでもな——い」

「何でもなくはないだろう。立華、今、怒《おこ》ってるだろ？」

「怒ってないし。私、これが普通《ふつう》だし」

「普通には見えんぞ、お前」

「狩谷君、眼鏡の度があってないんじゃない？」

白い指が伸びてきて、勉の眼鏡のフレームを押し上げた。

いきなりのことで面食《く》らってしまい、反応が遅《おく》れた。

濡れた顔にレンズが押し付けられ、視界が歪《ゆが》む。

「立華、この……いきなり何をする！」

「し————らないっ」

クスクス……ウフフ……あはは……

茉莉花の笑い声が響き渡《わた》る。

降りしきる雨の音に負けない、晴れやかな声が。

その声を聞いていたら、些細《ささい》なことに気を回すのがバカバカしくなってくる。

――こういうところが、本当に困るな……

いつの間にかペースに巻き込《こ》まれる。

いつものことだったが、抗《あらが》えない。

「何か言った？」

「……何も言ってない」

辛《かろ》うじて、それだけ言葉にした。

にやける口元を押さえながら。

◇

「うわぁ」

ようやく駅にたどり着いたところで、茉莉花がうめき声をあげた。

美少女が出してはいけない声ではあったが、窘《たしな》めようとは思わなかった。

友だち甲斐がないとなじられかねないが、勉もまったく同じ心境だったから。

「これは……ひどいな」

文字どおりの意味で駅から人が溢《あふ》れていた。

傘が役に立たないほどの大雨の中で、数えきれない人影が立ち尽くしている。

「狩谷君、これ見て」

「どうした、立華？」

「電車。ダメっぽい」

茉莉花が差し出してきたスマートフォンには、電車の運行状況が表示されていた。

学校近くに住まう勉には、あまり縁のないページだ。

「……間に合わなかったか」

ホームページは赤字の『運休』で埋め尽くされている。再開予定時刻は——未定。

今後の天気の荒《あ》れ具合《ぐあい》（予報）を鑑《かんが》みるに、本日中の運転再開は無理そうだった。

駅の中から外まで怒号《どごう》と罵声《ばせい》が混ざり合っている。駅員に詰め寄る人影もあった。

「みんな悲鳴上げてるね」

「……みたいだな」

ツイッターで検索《けんさく》すると、茉莉花と同様に足止めを食らった帰宅予定者（帰宅できない）たちの投稿《とうこう》コメントがずらりと並んでいる。

梅雨前線は日本列島を縦断していたから、日本中で似たり寄ったりの光景が見られることは疑いようがない。想像するだけでウンザリさせられる。

文句を言ったところでどうにもならないと思う反面、愚痴《ぐち》のひとつでも吐き出さずにはいられないとも思う。いずれにせよ気持ちは察して余りある。

「電車が無理となると……家族に迎えに来てもらえばどうだ?」

「……」

その提案は真っ当なものだと思った。少なくとも勉にとっては。

なぜ最初に考えつかなかったのか首をかしげてしまうほどにには。

しかし、予想に反して茉莉花のリアクションは芳《かんば》しくなかった。

「変なことを言ったか?」

重ねて問うと、茉莉花は静かに首を横に振《ふ》った。

解せないままに見つめていると、雨に濡《ぬ》れた桃色《ももいろ》の唇《くちびる》が微《かす》かに開かれた。

「無理。来てくれるわけないって」

「そうなのか?」

「うん。ふたりとも忙《いそが》しいしね」

茉莉花の口ぶりは両親を非難するものではなかったが、擁護《ようご》する気配もなかった。

あえて言うならば——諦念《ていねん》に似た響《ひび》きを孕《はら》んでいた。

「ならば……タクシーを使うか」

あたりを見回せば、駅の周辺にはタクシーが集まっていた。

『他人の不幸は蜜《みつ》の味』とは言わずとも、運転手にとって稼《かせ》ぎ時であることは間違いない。

電車が動かないと知った客が、我も我もと先を争うように乗り込んでいる。

「タクシーに乗るお金なんて持ってきてないし」

「立華の家の場所は知らないが、ここから遠いのか？」

茉莉花はこくんと頷いた。前髪《まえがみ》から垂れた雫《しずく》が胸元に落ちた。

勉は水滴《すいてき》を目で追いながら、無意識のうちに財布《さいふ》が入っているポケットを押さえた。

自分が金を貸せば解決する……と思ったが、残念なことに持ち合わせがなかった。

勉だって学校に大金を持って行ったりはしない。使い道がないし、何より物騒《ぶっそう》だ。

「電車も親もタクシーもダメとなると……どうする？」

「どーしよ？」

逆に尋ねられて返答に窮《きゅう》する。

あまり遭遇《そうぐう》したことがない状況だった。

「誰《だれ》か友人に借りるのは？」

閃いたアイデアを口にしてみたところ、学校のアイドルは再び首を横に振った。

水分を含んだ髪《かみ》は宙を舞《ま》うことなく、濡れた制服に貼《は》りついている。

「そーゆー友だちなんかいないし」

「そうなのか？　立華なら、ひとりやふたりはいるんじゃないのか？」

「どーでもいいこと話すぐらいの相手ならともかく、お金のやり取りが絡《から》むのは嫌《いや》」

「うむ……」

友人は多いが頼りになる友人はいない。

整いすぎた顔立ちには自嘲《じちょう》の笑みが広がっていた。

——意外だな。

嘘をついているとは思えないが……教室での茉莉花を見知っているだけに、ことさら寂しく聞こえてしまう。金銭のトラブルで友情が破たんするという話はしばしば耳にするので、遠慮《えんりょ》したくなる気持ちも理解できるのだが。

「なら一晩泊めてもらうのはどうだ？」

「だから、そーゆーこと頼める人とかいないって言ってるし」

「そうなのか？」

「そーなのです」

茉莉花は眉《まゆ》をひそめつつ頬を膨らませた。

この手の話題に関しては、勉もあまり偉《えら》そうなことは言えない。

自分がどこかに出かけて帰れなくなったと仮定して、『天草君の家に泊めてもらえば？』と提案されたとしても……やはり首を横に振るだろうから。

大雑把《おおざっぱ》に『友だち』と呼び慣らわしていても、勉と史郎はそこまで深い関係ではない。

茉莉花と他のクラスメートも同じと考えれば納得がいった。

「……えっと、狩谷君」

「なんだ？」

形式的に尋ねてはみたものの、次にくる言葉は何となく予想できていた。

家に帰る手段がなく、泊めてもらう友人もいない。ならば、ごくありふれた（？）高校生に過ぎない勉や茉莉花に残された手段は少ない。

ただ……勉の脳裏に閃いたそれはあくまで予想に過ぎなくて、あまり理性的なアイデアとは思えなかったのだが。

「泊《と》・め・て！　お願い！」

ものすごくいい笑顔。正に水も滴《したた》るいい女。

予想どおり過ぎる展開に、つい首を縦に振りそうになる。

「……泊《と》めてもらえそうな友だちはいないと言ってなかったか？」

「ただし狩谷君を除く」

とても魅力的《みりょくてき》な言葉だった。

数多《あまた》いる友人の中で、自分だけが特別扱い。

リップサービスとわかっていても、なお優越感《ゆうえつかん》をくすぐられる。

それを口にしているのが茉莉花のようなスペシャルな女子ともなれば、なおさらだ。

圧倒的《あっとうてき》な威力《いりょく》の精神攻撃《こうげき》に——勉は耐《た》えた。

理性がキリキリと悲鳴を上げている。

「一応言っておくが、俺《おれ》は男で立華は女だ。後は……わかるな？」

「えっと……期待してる？」

「心配してるんだが⁉」

「で、でも、大雨の中で私を放り出すような人じゃないよね、狩谷君は？」

上目遣《うわめづか》いで痛いところを突《つ》いてくる。

茉莉花に対しては善き人でありたいと思っている。

——俺たちは『友だち』だからな。

そして——『友だち』だからこそ、彼女《かのじょ》を家に招き入れて一夜を共にするという提案には頷《うなず》けない。

「学校に戻るか」

宿直室でも借りて一泊。ひと晩ぐらいなら何とかならないか？

少なくとも年頃《としごろ》の男子の家に泊まるよりはマシな気がする。

「冗談《じょうだん》でもそーゆーこと言わないで」

食い気味に反応してきた茉莉花の顔がシリアスすぎたので即座《そくざ》に却下した。

『せっかくの週末に学校で寝泊《ねと》まりなんて絶対に嫌』と瞳《ひとみ》の光が雄弁《ゆうべん》に物語っている。

「じゃあ、この辺のネカフェで」

「そっちの方が危なくない？」

まったくもって同感だった。

『ずぶ濡れＪＫが漫喫《まんきつ》でひとり夜を明かす』

並べた文字列を読むだけで、何が起きてもおかしくない気配がプンプンする。

勉のスケベ脳が全力で警鐘を鳴らしていた。

——それ以前に法律とか条例で追い出されるか。

もはや選択肢《せんたくし》は残っていないと思われたが……それでも踏ん切りがつかない。

「いや、でも……なぁ、俺の家はダメじゃないか？」

「狩谷君なら大丈夫だって！　私、信じてるから！」

「正直、ぜんぜん自信がない」

「まぁ、何かあったら……その時はその時、みたいな？」

「勘弁《かんべん》してくれ……」

笑顔《えがお》を躱《かわ》すために額を押《お》さえ、天を仰《あお》ぐ。

重くて分厚い黒雲に切れ目はなく、後から後から雨が降ってくる。

周りを見回せば、途方《とほう》に暮れた人の波。帰宅ラッシュの時間帯で、数は増える一方。

誰も彼《かれ》もが疲《つか》れ切っているようで、目からハイライトが消えている。

大きく大きくため息をつく。眼鏡を外して目蓋を閉じて、指で軽く押さえた。

——ここに立華を置き去りにして帰るってのは……ナシだ。

再び目を開けると、茉莉花と視線が重なり合う。勉はゆっくりと口を開いた。

「……本当にいいんだな？」

「うん。何があっても、私は絶対に狩谷君に文句を言いません。誓《ちか》います」

「違う、そうじゃない」

「知ってる」

相変わらずケチのつけようがない笑顔だった。ここまで堂々と胸を張られると断れない。

茉莉花の言葉を鵜呑《うの》みにするつもりはないが……彼女が自分に寄せてくれる信頼《しんらい》を裏切りたくはなかった。

雨に降られた身体がブルリと震えた。グズグズしている余裕《よゆう》はなさそうだ。

――覚悟《かくご》を決めるか……

「はぁ」

心を強く持とうと気合を入れかけて――逆に力の抜《ぬ》けた息が零《こぼ》れた。

茉莉花のきれいな眉が跳《は》ね上がるのを目《ま》の当たりにして、ワザとらしくせき込みながら眼鏡の位置を直した。

「いいだろう。来た道を戻るぞ」

「ありがとう、狩谷君……あ」

「あ？　どうかしたか？」

「途中《とちゅう》でコンビニ寄っていい？」

「あ、ああ」

茉莉花の唇から零れた『コンビニ』はありふれたワードなのに、やけに耳に残った。

見惚れるほどに輝《かがや》く笑顔が、どうしようもなく不安を掻《か》き立ててくる。

トラブルを予感させる雰囲気《ふんいき》は、教室から仰いだ空に似ていた。

「前に来た時も思ったけど、いいところに住んでるよね」

ドアを開けて中に入った茉莉花《まつりか》の第一声がコレだ。

単純に褒めているわけではなく、意外そうな心持ちが透けている。

あけすけな感情が嫌味《いやみ》に聞こえないのは、彼女の得難《えがた》い資質のひとつに違いない。

「……まぁな」

「ん？　狩谷《かりや》君、この家のこと嫌いだったり……くしゅん」

気のない勉《つとむ》の返事に怪訝《けげん》な気配を見せた茉莉花は、しかし、くしゃみに遮《さえぎ》られて最後まで言葉を口にすることができなかった。

荒れ狂《くる》う雨中を強行突破《とっぱ》してきただけあって、彼女は全身ずぶ濡れだ。

薄手《うすで》の夏服が肌《はだ》に張りついて、明かりのもとで下着まで透けて見える。

至近距離から注がれる邪《よこしま》な眼差《まなざ》しに気づいた様子の茉莉花は、さりげなく両手で身体を抱《だ》きしめ、視線の主にしてこの家の主でもある勉から距離を取った。

失礼な反応に抗議する間もなく、かってないほどのジト目で睨《にら》み付けてくる。

「狩谷君あのね……くしゅん」

「……立華《たちばな》、寒いのか？」

「へ……くしゅん！　ごめん、冷えた。これ、大丈夫じゃないかも」

「ここまで来て風邪《かぜ》をひかれても困るんだが」

「言われなくてもわかってるけど……」

「とにかく身体を温めよう。エアコンと飲み物と、毛布は……どこに仕舞《しま》った？」

季節的には夏に近づく頃合《ころあ》いだ。

毛布は部屋のどこかにあるはずだけど、片づけた場所を忘れてしまった。

「とりあえずタオルと、タオルケットと、あとタオルを」

「ねぇ、わ、私、お風呂《ふろ》欲《ほ》しい」

「む？」

「だめ？」

「いや、ダメではないが……ぶしっ」

お互いにくしゃみで会話がおぼつかない。

玄関《げんかん》でもたついている間に、背筋を悪寒《おかん》が駆《か》け上がってくる。

茉莉花の体調ばかり気にしていたが、勉自身も雨でドボドボに濡れていた。

思考回路はまともに機能してくれないし、唐突な提案を熟慮《じゅくりょ》する余裕もない。

「ほら、狩谷君だって風邪ひいちゃう」

「そ、それはそうなんだが……」

風呂《ふろ》に入ることに異存はない。

異存はなくとも、素直《すなお》に頷けない。

逡巡《しゅんじゅん》する勉の前で、茉莉花が瞳を輝かせた。

「あ、いいこと思いついた」

「……なんだ？」

「一緒《いっしょ》に入ろっか、お風呂」

「……本当にいいのか？　本気で言ってるのか？」

どうせロクでもないことを言い出すとは思っていたが……実際に口にされると想像以上の破壊力《はかいりょく》だった。鮮烈《せんれつ》すぎるインパクトで脳みそが一瞬《いっしゅん》フリーズする。

——一緒に、風呂……だと……

状況《じょうきょう》を忘れて茉莉花に魅入《みい》ってしまった。

透《す》けた制服と柔《やわ》らかな肢体《したい》、白い肌を垂れ落ちる水滴。

あまりにも煽情的《せんじょう》な光景を前に唾《つば》を飲《の》み込む音が、自分の喉《のど》から聞こえる。

どうしようもなく下半身に直結した反応に、言い出した茉莉花が目に見えてたじろいだ。

「ごめん、嘘。妊娠《にんしん》しそうだから今のナシで」

「……立華の中の俺がどういう人間なのか、一度ちゃんと聞いておく必要がありそうだな」

「えっと……えっちな人？」

「急いで風呂を沸《わ》かすから、先に入ってくれ！」

「は〜い」

唸《うな》り声と一緒にタオルを渡すと、茉莉花は濡れそぼる髪や肌を拭《ぬぐ》い始めた。

ひとつひとつの仕草がむやみやたらに艶《なま》めかしい。嬉《うれ》しいけれど、恨《うら》めしい。

努めてそちらを見ないように、濡れた身体を拭《ふ》くのと並行《へいこう》して風呂の用意を始め——

「……」

実のところ、家に辿《たど》り着いた段階で『ここで金を貸してタクシーを呼べばいいのでは？』と思いついていたのだが……無粋《ぶすい》なことを言い出せる雰囲気ではなくなっていた。

『一緒にお風呂』のひと言で、細かい理屈が吹《ふ》っ飛んでしまったのだ。

——ワザとじゃないよな？

茉莉花は勘《かん》が良く頭も回る。

勉が冷静さを取り戻す前に先手を打ってきた可能性を否定できない。

……否定できないが、いくら何でも『そこまでしてウチに泊まりたかったのか？』と本人に面と向かって尋《たず》ねることはできなかった。

程なくして準備は整った。整ってしまった。

なおも口を閉ざして硬直《こうちょく》中な勉の背中を、茉莉花の声が撫《な》で上げる。

「え〜っと、狩谷君？」

「さっさと入ってくれ。風邪をひかれては敵《かな》わん」

「……では遠慮なく。早めに上がるからね」

「ゆっくりしてくれて構わんぞ」

背後でガラリと脱衣《だつい》所のドアが開く音が聞こえた。

すぐにドアが閉じ、程なくして浴室からくぐもった音が続いた。

ことさらに耳をそばだてたつもりはないが、室内の音が嫌でも状況を知らせてくる。

茉莉花はすでに濡れた服を脱《ぬ》いでしまった。服を着たまま風呂に入るバカはいない。

天候が回復する見込みはない。ここまで来て彼女を家から追い出すのも気が引ける。

「俺がしっかりしていれば、いいだけだ」

あえて言葉を口にした。

他の誰でもなく、自分自身に言い聞かせるために。

◇

窓の外では、いよいよ嵐《あらし》が勢いを増していた。

叩《たた》きつけられる水滴の音と吹きすさぶ風の音が激しく耳を震わせる。

しかして——リビングで身体を拭う勉の意識を揺《ゆ》さぶるのは、外から聞こえてくる荒々《あらあら》しい音のいずれでもなかった。

柔らかな水の音だった。

重苦しい雨のそれとは違う、軽《かろ》やかに流れる水の音。

シャワーがすべらかな肌を打つ音に、ご機嫌な鼻歌も交じっていた。

「幻聴《げんちょう》だ」

ハッキリ口に出して否定しないと、正気を失ってしまいそうになる。

幻聴。すべては幻聴。脳内に投影《とうえい》された偽りの映像が奏《かな》でる音色に過ぎない。

……にもかかわらず、雨に降られて冷え切った身体も頭も妙《みょう》な熱を帯び始めていた。

麦茶で湿《しめ》らせた喉はもうカラカラに干上《ひあ》がっているし、心臓は爆発《ばくはつ》寸前だった。

——たとえ幻聴だったとしても……この状況は、どうしようもなく現実だ。

現実。

そう、これは紛《まぎ》れもない現実。

見慣れた自宅の風呂で『立華　茉莉花』がシャワーを浴びている。

彼女の極上《ごくじょう》な肢体を目にする機会はこれまでにもあった。何度も何度もあった。

なぜなら、彼女は学校のアイドルであると同時に、人気のエロ自撮《じど》り画像投稿裏垢《とうこううらあか》主『ＲＩＫＡ』でもあったから。

それでも……彼女がツイッターに投稿する写真は、いずれも（一応）健全なものだった。

茉莉花から勉のスマホに直接送信されてくる画像にしても、顔こそ隠《かく》されていないとは言え全年齢《ねんれい》向けであることに変わりはない。

しかし、今、シャワーを浴びている『ＲＩＫＡ』こと茉莉花の裸体《らたい》は、何ひとつ隠されていない十八禁そのものの姿に違いなかった。

「ぐぬぬ……」

茉莉花の裸身《らしん》と自宅の浴室。

ふたつのイメージを合成することによって、限りなくリアルなシャワーシーンを描《えが》き出すことが可能となってしまった。

ひとつ屋根の下、薄《うす》い壁《かべ》を隔《へだ》てた隣《となり》の部屋に、夢のような桃源郷《とうげんきょう》が広がっている。

直接目にすることが叶《かな》わないからこそ、想像力が掻き立てられてしまう。

眼鏡の位置を直そうとする指先の震《ふる》えが止まってくれない。

——頼《たの》むから早く出てきてくれ……いや、やっぱり出てこないでくれ！

かなり無茶苦茶《むちゃくちゃ》なことを願っていた。

ずっと風呂に入っていたら茉莉花が茹《ゆだ》ってしまう。

彼女が湯あたりしたら助けるのは勉の役割だ。ほかに人がいないから仕方がない。

だから……出てきてくれないと困る。

でも……出てきたら出てきたで困る。

風呂から上がった茉莉花を目にしたら、いったいどうなってしまうのか。

『自分がしっかりしていれば問題ない』なんて口先で強がってみたところで、意思はグラグラガタガタと揺れに揺れまくって、今にも崩《くず》れ落ちそうだ。

「立華……」

煩悶《はんもん》していた勉の口からその名が漏《も》れた瞬間《しゅんかん》、ドアの開く音が耳朶《じだ》を打った。

動揺《どうよう》のあまり、反射的にビクリと身体が跳ねた。

ゴクリと唾を飲み込んでから振り向くと——視線の先に茉莉花がいた。

見えるのは頭と肩《かた》のみ。素肌《すはだ》の大部分は磨《す》りガラスが嵌《は》め込まれたドアに遮られている。首から下の大半はモザイク気味にぼやけているのに、桃色に染まった肩だけがハッキリと輪郭《りんかく》を描いている。

前髪から落ちた水滴が、柔らかそうな肌を伝って床《ゆか》に垂れている。

「……あ」

言葉が喉に詰《つ》まって出て来なかった。

あまりにも強烈《きょうれつ》すぎるビジュアルに圧倒《あっとう》された。

貧困《ひんこん》な妄想《もうそう》をはるかに超越《ちょうえつ》した、至高の感動がそこにあった。

——クソッ、これがただの画像だったら……

ガッツポーズとともに秒で保存していただろうに。

残念ながら（？）現実だった。現実から目を背《そむ》けることはできない。

ただ……とても恐《おそ》ろしいことに——彼女は、いまだそのすべてを曝《さら》け出してはいない。

「狩谷君、ちょっといいかな？」

「な、なんだ？」

オーバーヒートした思考回路に無理やり再起動をかけて、喉の奥《おく》から声を絞《しぼ》り出した。

チカチカする視界の真ん中で瞳を煌《きら》めかせる茉莉花と、正面から向かい合う。

艶《あで》やかな桃色の唇が開き、蕩《とろ》けるような声が勉の耳に届けられた。

「あのね、私の服なんだけど」

「服？」

「うん。ここに来るまでに濡れちゃったじゃない？」

「そうだな」

「だから、私が着る服がないじゃない？」

「……そうだな」

狩谷家には乾燥機《かんそうき》がなかった。洗濯物《せんたくもの》なんて普通に乾《かわ》かせばいいと思っていた。

今日という日の訪《おとず》れを予知することができていたら、借金してでも買っていた。

「そうだなって……服が乾くまで裸《はだか》でいろって言うつもり？」

「いや、いやいやいやいやいや、そうは言っていない」

全力で否定した裏で、茉莉花の裸体が詳《つまび》らかにされた未来をしっかり幻視してしまった。

大事な部分だけ小さな白い手で隠した彼女とふたりきりＩＮ自宅。

桜色に染まった肌に注がれる視線を遮るものは何もない。

羞恥《しゅうち》のあまり朱《しゅ》が差した頬と潤《うる》んだ瞳。

今にも泣きそうで、それでいて誘《さそ》うような眼差しを勉に向けてくる少女。

微かに開かれたその唇からは、甘《あま》い囁《ささや》きが吹きかけられて——

——無理だッ！

想像しただけで鼻血が出そうだ。

ぶっ倒《たお》れて意識を失った方がマシに思える。

こういう時に限って頑張《がんば》りすぎる理性が恨めしかった。

「つまり、何が言いたいんだ？」

「だから、服を貸してって言ってるの！　察して！」

「……ああ、そういうことか」

察しろというのは無理があるのではないか。

咄嗟《とっさ》に浮《う》かんだ反論を口にするのはやめた。

せっかく風呂に入って身体を温めても、着る服がなければ風邪をひいてしまう。

彼女が服を要求してくるのは何もおかしな話ではない。

だが。

だが、しかし——

「ウチに女子の服なんかないぞ」

「え～、なんで？」

「なんでも何も、女性を部屋に招く予定がなかったからに決まっているが」

「……そうなんだ。ごめんね、変なこと聞いちゃって」

「待て。本気で謝《あやま》るのは止めてくれ」

思いのほか真摯《しんし》に受け止められて、却《かえ》って狼狽《ろうばい》してしまう。

――おかしいのは俺の方なのか？

ひとり暮らしの高校生男子たる者、いつか家を訪れる女子のために着替《きが》えを常備しておくべきなのか？

わからない。

わけがわからなすぎる。

自分で考えても答えを出せないことは誰かに聞けばいいのだが……幸か不幸か、尋ねる相手はいなかった。仮にいたところで、悠長《ゆうちょう》に尋ねていられる状況でもなかった。

「と・に・か・く！　なんでもいいから適当に見繕《みつくろ》って、よろしく！」

言うなり茉莉花は再び浴室に引っ込んでしまった。

黙《だま》って立ち尽《つ》くしていた勉は、ゆっくりゆっくり彼女の言葉を反芻《はんすう》して、頷いた。

肯定《こうてい》とも否定とも言い難い首の縦運動。何を意味しているのかは不明だった。

生まれてこの方、こんな理解不能なリアクションを取った記憶《きおく》がない。

——適当に見繕えと言われても……なぁ。

ぎこちない手つきで、ずり落ちた眼鏡の位置を直す。

「無茶振《むちゃぶ》りにも程《ほど》があるだろ……」

勉はファッションにこだわりを持つ性格ではない。

アルバイトで貯《た》めた金だって、服に使うことはほとんどない。

茉莉花が言うところの『適当』に該当《がいとう》するものとなると、想像もつかない。

それでも、何も用意しないという選択肢もない。

彼女に全裸《ぜんら》を強《し》いることはできないし、実際に全裸になられたら勉の勉が喜びすぎて警察を呼ばれかねない。

「……仕方がないか」

胸の奥に溜《た》まった息を吐《は》き出した。熱い熱い吐息《といき》だった。

『茉莉花のすべてを見たい』

その欲求は、あまりにも大きかった。

でも——

「……立華は『友だち』なんだ。俺を信頼してくれているんだ」

茉莉花は何かにつけて勉をからかってくるが、冗談で済む限度は弁《わきま》えている。

「落ち着け」

両の掌《てのひら》で頬《ほお》を挟《はさ》み込むように張ると、少しだけ正気を取り戻《もど》せた。

自室に戻って『それっぽい』服を選び、脱衣所のドアをノック。

浴室から籠《こも》った声で『どうぞ』と了承《りょうしょう》を得てから中に入った。

磨《す》りガラスの向こう側では、白く輝く裸身がくねっていた。

——湯船に浸《つ》かっていてくれないか！

輪郭が明らかにされていない分、妙な生々しさが全力全開で訴《うった》えかけてくる。

幻想的《げんそうてき》で蠱惑的《こわくてき》な水音に理性が溶《と》かされる。口の中はカラカラに乾いている。

全身を駆け巡《めぐ》る血を感じた。本能がフルスロットルで心臓は破裂《はれつ》寸前だった。

「目についたものを持ってきた。あとは立華が適当に選んでくれ」

「……そうきたか」

浴室から届いた声が呆《あき》れているように聞こえたのは、きっと気のせいだ。

「とにかく服は用意した。俺は戻るから……あ～、ゆっくりしていってくれ」

「すぐ出るね。狩谷君だってシャワー浴びたいでしょ？」

「いや、別に俺は……ぐしっ」

「ほら、我慢《がまん》しないで」

「だ、ダメだ！　頼むからすぐには出ないでくれ！　絶対に出てくるなよ！」

薄壁《うすかべ》ひとつ隔てたところに全裸の茉莉花がいると思うと平静ではいられなかった。

逃《に》げ出すように後にした脱衣所の奥から、クスクスと笑い声が耳をくすぐってくる。

「はぁ……たまらんな、これは」

まだ帰宅してシャワーを浴びているだけなのに。

今夜一晩泊めると約束をしているのに。

「とてもじゃないが、理性がもつとは思えん……」

「は～、いいお湯だった。狩谷君、待たせちゃってゴメンね」

能天気な茉莉花の声にカチンときて、同時に眉を寄せた。

いつの間に脱衣所から出ていたのだろう？

ドアを開ける音がするはずなのに、まったく気がつかなかった。

「お～い、ふりむけ～」

「……すまん、心の準備が……ぐしゅ」

「ほら、早くしないと風邪ひくよ」

――クソッ！

『いったい誰のせいだと思っているんだ』

叫《さけ》びを飲み込んで振り向いたら、心臓が止まった。

茉莉花が立っていた。

腰《こし》まで届く黒髪《くろかみ》をタオルで拭いながら。

肌は桜色に染まっていた。イメージどおりだった。

身に纏《まと》っているのは、白いワイシャツだけだった。

伸《の》びやかで肉付きのいい脚《あし》の付け根は、丈の合わないシャツの裾《すそ》に隠れて見えなかった。

◇

シャワーを浴びてリビングに戻ると、茉莉花は窓に寄り掛《か》かって外を見つめていた。

分厚い雨雲に覆《おお》われた空は暗かった。見ているだけで胸が重苦しくなる色合いだ。

黒々とした窓の外と、室内でほの白く輝く茉莉花のコントラストが眩《まぶ》し過ぎる。

「……ッ」

見惚《みと》れてしまって声をかけ損《そこ》ねた。無言で棒立ちしていると……窓に映っていた勉に気付いた茉莉花は嬉しそうに振り向いた。

「男の子ってお風呂早いんだね」

「そうか？　普通《ふつう》だと思うが」

「早いと思うよ。まぁ、他の男子のこととか知らないけど」

言うなり窓から離《はな》れてソファに腰を下ろし、無防備に脚をブラブラさせ始める。

普段《ふだん》は短いスカートから伸びている白い脚が、今はワイシャツの裾から伸びている。

そう、ワイシャツだ。

勉が用意したいくつかの服の中から、茉莉花が選んだのは白のワイシャツだった。

ワイシャツしか身につけていない。いわゆる裸ワイシャツだ。

これはもう、ワザとやっているとしか思えない。

――どうして下に何も穿《は》いていないんだ!?

スウェットも上下で用意しておいたのに。

怒鳴《どな》りつけたかったが、ぐっと堪えた。

眼福であることは確かなのだ。

余計なことを言うのはもったいない。

理性《たてまえ》と欲望《ほんね》のせめぎ合いは後者が優勢だった。

「……誰のせいだと思ってるんだ？」

それはそれとして、怨嗟《えんさ》交じりの声を堪えることはできなかったが。

「え、何？　何か言った？」

「何も言ってない」

「そう？　ならいいけど」

風呂にしても、普段はもう少し長く入っている。

今日さっさと上がったのは、いてもたってもいられなかったから。

慣れ親しんでいる自宅の浴室のそこかしこに茉莉花の残滓《ざんし》が見え隠れするのだ。

『ここに立華が腰かけていたのか』とか『この鏡に立華の全裸が映っていたのか』とか、どこに目を向けてもイチイチ妄想が加速してしまう。

むせかえるような湯気と脳内イメージに内外から責め立てられて、とてもではないがリラックスなどできなかった。

濡《ぬ》れた身体をしっかり温めたかったが、湯船につかるのは不可能だった。

お湯に茉莉花から色々沁《し》み出ているかと思うと触《ふ》れることすら叶わなかった。

なお、勉の事情を知る由《よし》もないはずの茉莉花はニマニマと笑《え》みを浮かべている。

漆黒《しっこく》の瞳に見つめられると、心を見透《みす》かされているようで落ち着かない。

「んッ……それはともかく、腹は空いてないか？」

わざとらしく咳払《せきばら》いして時計を見ると、午後六時を回っていた。

外が真っ暗なので判別しづらいが、意外なほどに時間が過ぎている。

バイトがない日なら、すでに夕食を済ませていてもおかしくない頃合いだ。

「……私も、ちょ～っとだけお腹《なか》空いてるかも」

「なら何か作るか。立華は食べられないものはあるか？」

「別にないけど……え、狩谷君が作るの？　料理できるの？」

大きく目を見開かれた茉莉花の瞳に宿っているのは――明白な驚愕《きょうがく》。

紛れもない本音であることは一目瞭然《いちもくりょうぜん》で、予想外かつ心外すぎる反応だった。

「これでも一年以上ひとりで暮らしているんだぞ。簡単なものなら問題ない。だいたい料理ぐらいレシピを守れば誰《だれ》だってできるだろうに」

「……意外ってゆーか、狩谷君のキャラがますます掴《つか》めなくなるよ」

「たかが晩飯程度でそこまで驚《おどろ》くとは……まさか、立華は料理できないのか？」

「できます。料理得意だし。何だったら今ここで私が作ってあげてもいいんですけど」

軽はずみにからかったら、猛烈《もうれつ》な反論が跳ね返ってきた。

料理ができないと勘違《かんちが》いされるのは本人的にアウトらしい。

『既視感《きしかん》があるな』と思ったら、義妹《ぎまい》の反応にそっくりだった。

「それには及《およ》ばん。今日は俺が作る」

「わかりました。ご相伴《しょうばん》に預かります」

肩を怒《いか》らせて詰め寄りかけていた茉莉花は、再びソファにぼすんと腰を下ろした。

ほんの一瞬だけワイシャツの裾が微妙《びみょう》に捲《めく》れて、思わず目が引き寄せられる。

「……ハッ」

桃色《ももいろ》に霞《かす》みかけた視界にニヤニヤしい笑顔が映った。

「期待してるからね、狩谷シェフ」

◇

「もっと手の込《こ》んだものが作れたらよかったんだがな」

ふたりとも雨中の行軍で体力を消耗《しょうもう》していたから、あまり調理に時間をかけるつもりはなかったが……お手軽さを売りにした皿をテーブルに並べるのは不本意だった。

自分が作った料理を誰かに振《ふ》る舞《ま》うのは久しぶりなのに。

「……」

「どうした、チャーハン好きじゃないか？」

「あ、ううん。食べられるよ。でも……」

「でも？」

「てっきりレトルトをチンするだけだと思ってたから、ビックリした」

「そうか？　なら……まぁ、いいか」

チャーハンと野菜炒《いた》め、かきたまスープと買い置きのザーサイ。

出来立ての夕食が湯気を立てている。


ぐ～～～


腹が鳴った。勉の腹ではない。

茉莉花を見やると……耳の先まで真っ赤に染まっている。

――何も言わない方がよさそうだな。

女子は腹が鳴ると恥《は》ずかしがる。

実家で暮らしていたときに、何度か義妹相手に体験した。

指摘《してき》すると羞恥が怒《いか》りに転じることは想像に難《かた》くないので、余計な軽口は厳禁だ。

聞こえなかった振りをして冷蔵庫から麦茶を取り出し、コップに注ぐ。

「ほら、温かいうちに食べるぞ」

「その……いただきます」

茉莉花は顔を上げずにボソボソと呟《つぶや》き、レンゲを手に取ってチャーハンを掬《すく》う。

ゆっくりと持ち上げて、そろりそろりと口元に運んで——

「熱っ」

「猫舌《ねこじた》だったか？」

「ハフ……そうじゃないけど……うん、美味《おい》しい。美味しいよ、狩谷君」

笑顔で料理を口にする茉莉花が可愛《かわい》らしい。

でも、じっと見つめているわけにもいかない。

女子は食べているところを見られることを嫌《きら》う。

義妹に『デリカシーがない』と散々叱《しか》られたことを思い出して、そっと視線を外した。

幸い茉莉花は食事に集中していて勉の様子に気づいていない。よほど腹が（以下略）。

「ならよかった」

賞賛の言葉に安堵《あんど》して、勉もチャーハンを口に放《ほう》り込んだ。

「ふむ、普通にできてるな」

「普通ってゆーか、上手だね。このスープも美味しい。卵ふわふわ」

「ああ、それはバイト先で習ったんだ」

「アルバイト？　そー言えば狩谷君って、どこでアルバイトしてるの？」

「ん？　話してなかったか？」

「聞いてない」

「そうだったか？　飲食店だ。中華《ちゅうか》の」

「中華？　なんでまた？」

「なんでと言われてもなぁ……アルバイトを探している時に入った店で、飯を食ったら美《う》味《ま》くて、求人募集《ぼしゅう》の張り紙があったから、それで……という流れだったかな」

「狩谷君の生き方、雑過ぎない？」

「そこまで言われるほどのことか⁉」

「えっと、悪くはないと思うんだけど。行き当たりばったり感が結構あるよね」

「……」

「ノートの時もそーだったし」

「それはもういいだろ」

「む～」

スープを啜《すす》った茉莉花が『閃《ひらめ》いた』と言わんばかりの顔を見せた。

「はは～ん、お店にチャイナドレスのお姉さんがいるんでしょ」

「いない。店員は全員男だ。俺《おれ》のことを何だと思っている」

「スケベの塊《かたまり》」

即答《そくとう》されて、開いた口が塞《ふさ》がらなかった。

何か言い返してやりたかったが、何も思いつかなかった。

そもそも茉莉花との距離《きょり》が縮まった要因からしてスケベ関係だった。

「昔から料理は自分で作っていたからな。経験が生かせると思ったのもある」

なお現実は掃除《そうじ》、皿洗い、接客、レジ打ちで終了《しゅうりょう》だった。

客に出す料理を高校生に作らせてくれるわけがなかった。

このかきたまスープは空いている時間に教わったものだ。

茉莉花はふんふんと興味深げな仕草を見せていたが……ふと眉《まゆ》をひそめ、首をかしげて口を開いた。

「……昔から？」

「そうだが……どうかしたか？」

「ずっと見てたけど手際《てぎわ》よかったし、見栄《みえ》張ってるんじゃないっぽいよね。でも……」

――ずっと見られていたのか。

自分が料理しているとこをジーっと観察されていたと告げられて、頬が熱を持った。

悪いことも恥ずかしいこともしていないのに、とても居心地《いごこち》が悪い。

「でも？」

「昔からって、いつぐらいから？」

「いつと言われても……小学……何年生だったかな。すまん、覚えてない」

「そんな頃《ころ》から？」

「ああ」

問われたことに素直に答えたら、目の前で茉莉花が悩《なや》み始めてしまった。

時々チラチラと視線が向けられる。明らかに何か言い淀《よど》んでいる仕草だ。

「立華が気にすることは何もないと思うが。さっさと食べないと冷めるぞ」

「あ、ごめん。せっかく作ってくれたのにもったいないよね」

「ダイエットとかしているのなら、無理しなくても構わんが」

「ううん、食べる。温かいご飯って美味しいよね」

茉莉花の笑みは取り繕《つくろ》ったものではなかった。

あまりにきれいな笑顔《えがお》だったから、彼女《かのじょ》がいったい何に疑念を抱いていたのか尋ねそびれてしまった。

――まぁ、良いか。

彼女が喜んでくれているのだから、それで十分だった。

自分が作った料理を誰かに褒《ほ》めてもらえるのは、存外に嬉しいものだ。

子どものころから続けてきた料理も、高校に入ってから始めたアルバイトも無駄《むだ》ではなかった。

ひとり納得《なっとく》した勉は、久しぶりに囲む温かい食卓《しょくたく》に満足感を覚えていた。

そして——

——落ち着かん。

水が流れる音。カチャカチャと食器が擦《こす》れる音。

時計の短針が時を刻む音。機嫌《きげん》よさげな鼻歌。

いよいよ本領を発揮し始めた暴風雨の轟音《ごうおん》。

ひとつひとつはありふれた音なのに、すべてが交じり合うと途端《とたん》に心がざわつき始める。

「ううむ……」

茉莉花とふたりで夕食を終えてから、勉はひとり時間を持て余していた。

リビングでソファに身体を預けてぐったりしてしまい、何もする気が起きなかった……わけではない。今日は色々ありすぎたので、だらけたい気持ちが皆無《かいむ》とは言わないが。

『ご飯までご馳走《ちそう》になって何もしないって、それカッコつかないし』

食後の後片付けに席を立とうとしたら、茉莉花から『待った』がかかったのだ。

『今日の立華は客だから、別に気にしなくてもいいぞ』

『ダメ。ただでさえ狩谷君には借りを作ってばっかりなのに』

『……それとこれとは話が違《ちが》わないか？』

『違わないし。いいから狩谷君は休んでて』

強気な好意を無下にするのも忍《しの》びなく、茉莉花に水仕事を任せて現在に至っている。

――なんだ、この……なんだ？

食後にまったりと休んでいられるのはありがたい。

誰かが自分の代わりに後片付けをしてくれるなんて素晴《すば》らしい。

何もかもひとりでやることに慣れていただけに……この休息は実に新鮮《しんせん》だった。

リビングから台所に視線を向けると、食器を洗う茉莉花が見える。

腰まで届くストレートの黒髪は、頭の後ろでポニーテールに束ねられていた。

しかも、彼女が身に纏っているのは勉が貸した白のワイシャツのみ（ここ大事！）。

ついこの間までまともな接点のなかった学校のアイドルが自宅の台所で皿を洗ってくれている姿は、やたらと目に眩しかった。

「どうかした、狩谷君？」

「……いや、ウチの台所に立っている立華に感動した」

「あっそ」

ジロジロ見つめていたら声をかけられたので、ありのままを答えた。

茉莉花の反応は実に素っ気なかったが、言葉尻《ことばじり》が微妙に浮いていた。

なお——照れつつも手が止まることはなく、危《あや》うさは感じられない。

——立華もずいぶん慣れてるな……

意外な気がしたが、迂闊《うかつ》なこと口にすると機嫌を損ねそうなので黙っておく。

彼女が周りから向けられる視線に敏感《びんかん》なことは、すでに聞かされている。

今この部屋には勉と茉莉花のふたりしかいない。

すなわち、隠すとか誤魔化《ごまか》すとかみたいな小技《こわざ》が効く状況《じょうきょう》ではない。

ならばいっそ堂々と見てやろうと思い立ち、先ほどから腕《うで》を組んで彼女を眺《なが》めていた。

「……」

「……」

「ねぇ、狩谷君」

「何だ？」

「じっと見つめられると、やりにくいんだけど」

「そうか、それは残念だ」

裸ワイシャツの茉莉花はどれだけ見ていても飽《あ》きることがない。

本当に、本当に残念だったが……嫌《いや》がられているのなら諦《あきら》めるしかない。

そんな勉の心情を声色《こわいろ》から感じ取ったらしい茉莉花が、呆れた声で提案してくる。

「やることないんならテレビでも見てたら？」

「テレビか……」

電源が入っていない薄型《うすがた》テレビをレンズ越《ご》しに睨《にら》んだ。

そのリモコンはテーブルの上に置きっ放しになっていた。

少し手を伸ばすだけでよいのだが、どうも気分が乗らない。

この状況でテレビを見るのは、とてももったいないと思えたからだ。

「まぁ、自分で振っておいてアレだけど……狩谷君がテレビ見てる姿が想像できない」

「だろうな。ほとんど見ない」

「全然見ないの間違《まちが》いじゃなくて？」

「失礼な。ニュースや天気予報ぐらいは見るぞ」

勉は基本的にテレビに興味がない。

調べたいことがあるならば、パソコンやスマートフォンで事足りる世の中だ。

ただ……インターネットに頼《たよ》った情報収集は、積極的に関心を持たないアレコレを排除《はいじょ》してしまいがちになってしまうから、世情に取り残されないために空いた時間にテレビを流しっぱなしにしておくのがよい。

……とテレビを押《お》し付けられた際に義父から教わったので一応実践《じっせん》している。

大学受験にも時事問題が出るから無駄にはならないと自分に言い聞かせながら。

「ふむ……テレビなぁ」

せっかくなのでリモコンを手に取って電源をつける。

室内に新しい音が加わった。騒《さわ》がしい感じがする。

「狩谷君、食後のコーヒーどう？」

「いただけるとありがたい……って、どこにあるか教えてないが？」

「どこって、だいたいどこのお家も同じでしょ」

「そういうものか」

「そーゆーもの。お砂糖どれくらい？」

「砂糖はいらない」

「ミルクは？」

「いらない。ブラックでいい」

「へぇ～、狩谷君はブラックなんだ」

「ああ」

「めんどくさいんだね」

決めつけられるのは不本意ではあったが、茉莉花の答えは的を射ていた。

学校でココアを飲んでいたように、どちらかと言えば勉は甘いものを好む。

家でコーヒーを飲むときにブラックにするのは、単に後片づけが煩《わずら》わしいからだ。

ひとり暮らしは余計な手間を省いてなんぼだと思うのだが、その理屈《りくつ》が茉莉花に通じるかどうかは疑わしいので沈黙《ちんもく》を守ることにした。

にやにやと笑う茉莉花の顔を見ていられなくなって、テレビのチャンネルを変える。

天気予報に始まり、大雨の中でリポートするアナウンサーやら気象庁のお偉《えら》いさんの会見やら。どこもかしこも日本全土を覆いつくす梅雨《ばいう》前線と台風の話題で一色だった。

「何か面白《おもしろ》いことあった？」

台所から戻ってきた茉莉花がテーブルにふたり分のホットコーヒーを置き、勉の隣に腰を下ろした。

何気ない仕草で後ろに束ねていた髪《かみ》を解くと、ロングストレートの黒髪が宙に舞う。

彼女が軽く首を振ると髪がきれいに波を打つ。勉の鼻先を甘くて温かな香りが掠《かす》めた。

自宅のソファに学校のアイドルとふたりきり。しかもワイシャツで生脚だ。

あまりにも自然に不自然な状況が形成されて、心臓が不規則に唸《うな》り始める。

「……明日にならないと天気は回復しないそうだ」

突然《とつぜん》の接近に動揺したせいか、声が若干《じゃっかん》硬《かた》くなってしまった。

自分で気づくぐらいだから、茉莉花に気取られていてもおかしくない。

意識しすぎているのかもしれないと思いはするが、ぎこちなさは拭《ぬぐ》い去れない。

「ふ～ん、電車もダメっぽい？」

「みたいだな」

テレビに表示されている大都市圏《けん》の巨大《きょだい》駅の画像は、勉たちが実際に目にした最寄《もよ》り駅の光景に似ていた。

窓の外に目をやると――真《ま》っ暗闇《くらやみ》。

荒《あ》れ狂《くる》う雨と風の音が本能的な恐怖《きょうふ》を呼び起こしてくる。

遠回りした末にずぶ濡れになってしまったが、無事に帰ってこられて何よりだったと、今さらながらに胸を撫《な》で下ろす。

荒天真《こうてんま》っ只中《ただなか》の外に比べて……室内の勉たちは平穏《へいおん》で快適だ。

――いや待て。この状況を平穏と呼んでいいのか？

勉の情緒《じょうちょ》は乱降下を繰《く》り返していて安寧《あんねい》とは程遠《ほどとお》い状況なのに。

一方で、隣《となり》に座《すわ》る茉莉花は少し頬を膨《ふく》らませたまま、双眸《そうぼう》はテレビの画面に釘付《くぎづ》けのまま。伏《ふ》せ気味《ぎみ》なまつ毛が艶《なま》めかしい。

――どうかこれ以上何も起こらないでくれ。

見惚れるほどの絶景を横目に、勉は心の中で祈《いの》りを捧《ささ》げる。

神も仏も信じていない自分の願いを聞き届けてくれる相手に、心当たりはなかった。

◇

しばらくリモコンを弄《もてあそ》んでいた茉莉花は、見る番組がないと判断したようだった。

不満を口にすることもなくテレビを消して、手元のスマートフォンを弄《いじ》り始めた。

隣に座っている勉はと言えば、こちらは先ほどから茉莉花が気になって仕方がなかった。

自室に薄着《うすぎ》の女子がいる時点で非常識極《きわ》まりないのに、それが飛び切りの美少女で、手を伸ばせばすぐ届くところにいると来た。

ここまでトンデモなシチュエーションに放り込まれて落ち着いていられるほど精神修養はできていないし、責められる筋合いでもない。

仏頂面《ぶっちょうづら》の裏で狂乱《きょうらん》している隣人《りんじん》に気付いているのかいないのか……ややあって、茉莉花は『うわぁ』と呻《うめ》き声を上げた。

すわ何事かと勉もスマホのディスプレイをタップしてツイッターを立ち上げると、そこに広がるは悪天候に対する怨嗟の声だらけ。駅で見たときから何も変わっていない。

「は～、屋根のある所に避難《ひなん》できてよかった。狩谷君、本当にありがとね」

「大したことはできてないし、気にしなくてもいいぞ」

いきなりの感謝に平静を装《よそお》ったものの、声の上擦《うわず》りは止められない。

勉の動揺《どうよう》を察した学校のアイドルはクスリと口元に笑みを浮かべる。

じろりと横目で睨みつけると、茉莉花の漆黒の瞳《ひとみ》と視線が絡《から》み合う。

沈黙ののち、これ見よがしに眼鏡の位置を直して咳《せき》ばらいをひとつ。

「暇《ひま》だねぇ」

「そうだな」

何となく視線を向けた窓の外では、変わりなく雨風の音が鳴り響《ひび》いている。

だんだん激しくなってくるようだ。今が一番厳しいタイミングなのかもしれない。

さっさと通り過ぎて欲《ほ》しいと思う反面、ゆっくりしていって欲しい気がしなくもない。

「ね、狩谷君って普段は家でどんなことやってるの？」

「どんなと言われても、特に何もしていない」

家ですることなんて、せいぜい家事と勉強ぐらいのもの。

そう答えると、途端に茉莉花の形のよい眉が跳《は》ね上がった。

——何かしくじったか？

茉莉花が豹変《ひょうへん》する理由に、まるで思い当たらない。

「ゲームとかしないの？」

「しないな」

テレビはあってもゲーム機がなかった。

やる時間もなかったし、やる気もなかった。

ゲームができなかったからといって不都合を感じたこともない。

今も昔もその手の娯楽《ごらく》とは縁《えん》のない生活を送っているが……ゲーム云々《うんぬん》はともかく、何もない家で何もしていない自分の姿を想像してみると、思いのほか不気味ではあった。

茉莉花が懸念《けねん》しているのは、どうやらそのあたりのようだ。

「……何もしていないは言い過ぎた」

「ゲームもテレビもナシとなると……読書とか？」

白魚のような人差し指をビシッと立てて茉莉花が問うてくる。

勉は軽く頷《うなず》いて口を開いた。

「ああ。市内の図書館や学校の図書室には世話になっている」

『趣味《しゅみ》：読書』

無趣味《むしゅみ》な人間の自己紹介《しょうかい》じみたコメントになってしまったが、事実だから仕方がない。

「うわ～、そーゆーところはイメージどおりって感じ」

「逆に聞くが、立華はゲームとかするのか？」

「するよ、そりゃ」

茉莉花はいくつかゲームのタイトルを挙げたが、聞き覚えはなく興味も湧《わ》かない。

相も変わらず仏頂面の勉に横合いからの問いかけが続いた。

「突《つ》っ込んだこと聞くけど……狩谷君のお家って厳しかったの？」

覗《のぞ》き込んできた茉莉花の黒い瞳には、静かな不安が揺《ゆ》れている。

おかしな勘違いをされていると気付かされ、この間違いは正した方がいいと判断した。

視線を逸《そ》らして中空を彷徨《さまよ》わせながら言葉を探し、腕を組んで顎《あご》に手を当てる。

「いや、そういうことはないと思う。比較《ひかく》のしようがないがな」

「でも……今どき珍《めずら》しいんじゃないかな。ゲームを全然やらないって」

「そういうものか？」

「そーゆーものです」

「ふむ……」

断言されると自信がなくなる。

これまでの人生を振り返ってみても、特におかしなことはなかったと思うのだが。

つい眉を寄せて考え込《かんが》んでしまった勉を見て、慌《あわ》てて茉莉花が口を開いた。

「ま、まぁ、そこまで難しく考えなくてもいいかも、みたいな？」

「そうだな。『よそはよそ、うちはうち』で構わない」

「そうそうそれそれ……あ、そーだ」

茉莉花は何かを思いついたようで、スマートフォンに指を滑《すべ》らせ始めた。

——あからさまだな。

話題を変えようとしているのが見え見えでも、無粋《ぶすい》な口を挟むつもりはなかった。

彼女なりの気遣《きづか》いだと思ったたし、無碍《むげ》にすることはためらわれたから。

「どうした？」

「うん、こっちの方はどーなってるかなって」

「こっち？」

「『ＲＩＫＡ』の方」

「そっちか」

呆れた勉の声に、茉莉花は真剣《しんけん》に頷いた。

学校のアイドル『立華　茉莉花』のもうひとつの顔。

それが自撮《じど》りエロ画像投下系人気裏垢主《うらあか》『ＲＩＫＡ』である。

「う～ん、みんな心配してくれてるねぇ」

「……」

スマホとにらめっこして相好を崩《くず》している茉莉花を横目に、勉も手元の端末《たんまつ》を操作した。

ツイッターを立ち上げ『ＲＩＫＡ』のアカウントを表示させる。

最後のツイートは悪天候へのボヤキだった。

投稿《とうこう》タイミングは下校前。

ぶら下がっているリプライは『ＲＩＫＡ』を心配する声がほとんどだったが、最近投稿《とうこう》頻度《ひんど》が落ちていることに対する不満もチラホラと見受けられた。

『ＴＰＯぐらい弁えたらどうなんだ、こいつらは』と苛立《いらだ》ちを覚える勉とは対照的に、当の本人は先ほどまでの団欒《だんらん》とは一変して鋭《するど》く厳しい表情を浮《う》かべていた。

――どうしてそこまで裏垢にのめり込むんだ？

勉自身も熱烈《ねつれつ》なファンだから口を挟《はさ》むことは差し控《ひか》えたが、他人の家に上がり込んでいる状況でもチェックを欠かさないのは行き過ぎではないかと思った。

同時に、以前に調べたホームページが脳裏《のうり》に甦《よみがえ》った。

『この手の裏垢はエスカレートする傾向《けいこう》がある』と。

茉莉花は現在進行形で暴走中なのかもしれない。

「……」

ガチな雰囲気《ふんいき》を纏う少女にかけるべき言葉が見つからない。硬直《こうちょく》してしまった勉の視線の先で、茉莉花はカタンとマグカップをテーブルに置いた。

目を閉じて深呼吸。

しかる後にその目蓋《まぶた》が開かれ、勢い良く立ち上がる。

薄手《うすで》のワイシャツに包まれた巨乳《きょにゅう》がぶるんと大きく揺れた。

「よし！」

「……立華？」

いったい何が『よし』なのか。話がサッパリ見えてこない。

だが……こういう時の茉莉花は想像の斜《なな》め上な言葉を口にする。

これまでの経験に則《のっと》って心の準備を整えた勉に、茉莉花は言い放った。

「写真撮《と》る！　じゃなくて……撮って、狩谷君！」

「は？」

耳を疑った。

茉莉花の言葉が理解できない。

「だ・か・ら、今からツイッターにアップするの！　ほら、お願い！」

言うなりスマホを押し付けてきた。

さらに両手を合わせて頭を下げてくる。

茉莉花の胸元《むなもと》に目が吸い寄せられる。いいアングルだった。

シャツから覗《み》く魅惑《わくてき》的な谷間が至近距離でヤバい。

生唾《なまつば》モノの光景に頭の中がかき乱される。

「え、な、は？」

視覚と聴覚《ちょうかく》の同時攻撃《こうげき》によって混乱の坩堝《るつぼ》に放り込まれ、状況に思考が追い付かない。

意味を持った言葉を口にする前に、ひとりでに動いた手がスマホを受け取ってしまった。

「シャンとしてよ、狩谷君！　ほら見て。私、今、求められてる。エンターテイナーの血が『ファンの期待に応えろ』って言ってるの！」

ツンツンと白い指先がスマホのディスプレイを叩《たた》く。

そこには『ＲＩＫＡ』への期待と不安が表示されている。

自称《じしよう》エンターテイナー的には、荒天《こうてん》に見舞《みま》われて精神的にダウン気味なフォロワーのためにひと肌脱《はだぬ》ぐ流れらしい。

『みんながヒマしてる時ってフォロワー増やすチャンスだよ！』などと、艶めく唇《くちびる》から色気のない言葉が続いて出てきた。

いずれにせよ勉には理解しがたい感覚だった。

『ひと肌脱ぐ』と言っても、茉莉花の場合は服を脱《ぬ》ぐのだ。裸《はだか》ワイシャツの先はいったいどうなってしまうのか？

「バシッと一発『ＲＩＫＡ』っぽい奴《やつ》いくから……胸ばっかり見てないでね、狩谷君」

見るなと言いつつ左右の手で自分の胸を寄せて持ち上げ、目の前でウィンクひとつ。

暴力的なまでの魅了攻撃《みりようこうげき》が勉の心を直撃《ちよくげき》し、眼鏡がずり落ちて視界が霞む。

「あ、ああ」

推《お》しに押されて、言いなりに首を縦に振ってしまった。

本能に根差した欲望は、理性で抑《おさ》え込めるものではない。

どうしようもなかった。勉だって健全な男子高校生なのだ。

◇

『立華　茉莉花』は知性溢《あふ》れる美少女だ。基本的には。

笑って済ませられないレベルのエロい挑発《ちょうはつ》を仕掛《しか》けられたり、シリアス顔でとんでもない『お願い』をされたりと、あれやこれやで悩まされる点はひとまず置いておくとして……本人の意思に反する忠告であっても話を聞くだけの度量はあるし、筋道立てて説明すれば理解を拒《こば》むほど愚《おろ》かな性格の持ち主でもない。

だから、順を追って説得すればどうにかなると思っていたのに……

「つまり、狩谷君はチキンなのね」

「何でそうなる」

ワイシャツを内側から押し上げる茉莉花の胸はたわわに実り、動くたびに揺れた。

腰《こし》まで届く艶《つや》やかなストレートの黒髪《くろかみ》と、白くて長くて眩《まぶ》しい脚《あし》も目の毒だ。

どこもかしこも魅力的《みりょくてき》すぎて、思春期男子の精神防壁《ぼうへき》は崩壊《ほうかい》待ったなし。

――自分の魅力を自覚している美少女がここまで厄介《やっかい》な存在だったとは。

想像もしなかった知見を得てしまって頭がクラクラしてきた。

「だったら写真撮って」

眼前に仁王《におう》立ちしていた茉莉花が自分のスマートフォンを指でつついた。

この前出たばかりの最新型だった。

「立華、お前……」

言葉を失いながらも、ようやく理解が追い付いてきた。

悪天候に嘆《なげ》くファンがいて、更新頻度《こうしんひんど》の低下に嘆くファンがいる。

続々とリプを飛ばしてくる彼《かれ》らを前に『よろしい、ならば投稿だ』と発奮したわけだ。

勉も『ＲＩＫＡ』の大ファンだったから文句はない。そこまでは問題ない。

問題なのは――茉莉花が勉に『写真を撮ってくれ』などと言いだしたことだ。目の前で直接耳にしたから、聞き間違いはありえない。

繰り返すが、茉莉花は白のワイシャツしか身につけていない。

飛び切りの美少女が自分の部屋で裸ワイシャツな時点でメチャクチャなのに、その本人が写真を撮れと強要してくる。

情緒のアップダウンが激しすぎて今にも理性が焼き切れそうだったが、ひとりのファンであるがゆえに言わねばならないことがあった。

「俺が撮るのは良くないだろ⁉」

「なんで？　狩谷君、いっつも私の写真見てるんでしょ？　撮りたくないの？　生だよ？

覗き込むように上半身を倒《たお》してくる茉莉花。胸の谷間がハッキリ見えた。

眼前に超絶《ちょうぜつ》美少女顔、視線を下ろすと巨乳の谷。

奥《おく》に見えるお尻《しり》は丸みを帯びて布地がぱつんぱつん。

ワイシャツの裾《すそ》から伸《の》びる真っ白な長い脚の根元が怪《あや》しい。

――視界が幸せで死ねる。

今ここに茉莉花がいるがゆえの眼福だが、今ここに茉莉花がいるがゆえに何もできない。

しばらくひとりにしてほしい。今すぐトイレに駆《か》け込みたい。

もちろん、その願いは叶《かな》わない。

――生って何だ、生って！

絶叫《ぜっきょう》は、どうにか口の中で抑え込んだ。

表面上は平静を保っている……つもりだった。なお実際は（略）。

何はともあれ『落ち着け、落ち着け』と何度も唱える。心の中で繰り返し、繰り返し。

――無理だッ!?

ずり落ちた眼鏡の位置を直す手が震《ふる》えている。

まったく落ち着けない。落ち着けるはずがなかった。

それでも……欲望をありのままに吐《は》き出すことには抵抗《ていこう》がある。

「写真は撮りたい。それは認める」

「じゃあ撮ろうよ。撮影会《さつえいかい》だよ」

茉莉花は『撮影会、撮影会』とおかしな節を付けて歌い始めた。

ついでに軽く踊《おど》り出したものだから、色々なところが揺れてヤバさが増した。

——テンションが高すぎる！

いつも自撮りをする際にはこんな感じなのだろうか。

同年代の異性にほとんど関わりがない勉には、彼女の思考回路が理解できない。

「俺が撮ったら『ＲＩＫＡ』さんの傍《そば》に他の人間がいることがバレるだろ」

「ん？」

茉莉花は踊るのをやめて首をかしげた。

頭に合わせてサラサラと髪が流れ落ちる。

人工の光を受けて艶やかな黒が煌《きら》めいている。

「それがどうかした？」

「どうかするだろ。炎上《えんじょう》モノだぞ」

『ＲＩＫＡ』のフォロワーは五ケタを数えていまだ増大中。

ナイスバディでサービス精神旺盛《おうせい》な『自称：女子高生』と来れば人気爆発《ばくはつ》間違《まちが》いなし。

でも――もし、その傍に男の影《かげ》があったらどうなるか？

想像するだけで勉の背筋を寒いものが駆け上がった。

「え～、それくらいで炎上なんかしないって。恋愛《れんあい》禁止のアイドルじゃあるまいし。狩谷君、気にしすぎじゃない？」

「気にしろ」

「でも……ほら、この人たちだって、これ絶対カメラマンに撮ってもらってるじゃん」

茉莉花が表示させたのは、何人かのコスプレイヤーのアカウントだった。

露出度《ろしゅつど》の高い――それこそ『ＲＩＫＡ』に勝るとも劣《おと》らない格好で煽情《せんじょう》的なポーズを決めた写真がいくつも投稿されている。

『これをアップするのは大丈夫なのか？』と心配になる画像まであった。

「ほう、こういうものもあるのか」

「そこ、感心しない」

興味を示しただけで露骨《ろこつ》に不機嫌《ふきげん》になるのは理不尽《りふじん》だと思った。

「すまん。確かにこれは自撮りじゃないいな」

「でしょ？」

「待て、これはプロ……プロなのか？　いや、そうではなくて。この手の写真であっても、仕事で撮影《さつえい》しているのなら、また別の話になるのではないか？」

コスプレは仕事なのか？

そっち方面には詳《くわ》しくはないので、答えは出せそうになかった。

今この瞬間《しゅんかん》において、そこは問題ではない。

「そーかなぁ」

「それよりもこっちを見てみろ」

返す刀で自分のスマートフォンを不満たらたらの茉莉花に突き付けた。

「うわ」

本日何度目かの美少女が出してはいけない類のうめき声があがった。

スマホには『超人気《ちょうにんき》フィギュア選手に熱愛発覚⁉』のスクープ記事が表示されていた。

ＳＮＳは大炎上、匿名掲示板《とくめいけいじばん》も大炎上、まとめサイトも大炎上。

日本縦断な梅雨や台風の話題など、すっかりどこかに吹《ふ》っ飛んでいた。

眼前の災害より彼方《かなた》の有名イケメンアスリート。げに恐《おそ》ろしきはファンの心理よ。

「アイドルじゃなくてもこうなるんだ。用心しておくに越したことはない」

「う、う～ん」

刻一刻と拡大する騒動《そうどう》を見せつけられて、茉莉花は真剣な表情で悩み始めた。

目を閉じて眉を寄せ、うんうんと唸り声をあげて――肩《かた》を落とした。

「……狩谷君の言うとおりかも」

「理解を得られて何よりだ」

「しょーがない。自撮りで我慢《がまん》するか」

「そうしろ」

「何その態度。せっかく私が折れてあげたのに」

「いや、何でもない」

しれっと答える裏では、憧《あこが》れのエロＪＫ裏垢主の写真を撮る機会を自ら捨てたことに後《こう》悔《かい》を覚え始めていた。『これが正しいのだ。これでよかったのだ。俺は頑張《がんば》った』と自分を褒め称《たた》えても、燻《くすぶ》る不満はなくならない。

「ふふ～ん、ホントは写真撮りたかったんでしょ」

「ああ、そうだ。悪いか？」

思春期男子の悔恨《かいこん》を目ざとく見咎《みとが》めた茉莉花が挑発的《ちょうはつてき》な笑《え》みを浮かべていた。

勉としては『誰《だれ》のためを思っての決断か！』と愚痴《ぐち》のひとつも言いたくなる。

ふたりの視線がほんの一瞬《いっしゅん》ぶつかり合って、目には見えない火花を散らした。

「撮りたいんなら、素直《すなお》に撮ればいいじゃん」

「だから俺《おれ》が……」

「『ＲＩＫＡ』用の投稿写真じゃなくて、狩谷君のスマホで撮ればいいってこと」

茉莉花の細くて白い指が、勉のスマホをツンと突いた。

「自分用に」

その言葉は福音《ふくいん》だった。

神は目の前にいた。

「いいのか？　本当に？」

「うん。いろいろ借りを作りっぱなしだったし、『お礼』ってことでひとつ」

せっかくの嬉《うれ》しい話なのに……輝《かがや》かんばかりの笑顔が却《かえ》って胡散臭《うさんくさ》かった。

どうにも素直に喜べない。何かこう、凄《すご》く裏がありそうに思えてくる。

「なぁ、どうして俺に写真を撮らせたがるんだ？」

「そんなの決まってるじゃん」

「決まってる、とは？」

「面白そうだから！」

即答《そくとう》にして断言。

——なんだそれは。

心の底から後悔した。

心の底から感謝もした。

からかわれているとわかっていても……どっちも嘘偽《うそいつわ》りない本音だった。

◇

「う〜ん」

スマートフォンを構えた茉莉花が悩《なや》んでいる。

頭の動きに合わせて、腰まで届く艶やかな髪が揺れていた。

「もうちょっと、こう……パンチ力が足りてない感じ」

「パンチ力？」

「そう」

頷きながら様子を見ていると、茉莉花はワイシャツのボタンを外し始めた。

上から順にひとつずつ。踊るような指の動きに見惚《みと》れてしまう。

胸元の拘束《こうそく》が緩《ゆる》み、重力を感じさせる揺れが生まれた。

お腹《なか》の中ほどまでボタンが外されたところで、あることに気づかされた。

──ブラジャーつけてないな。

当たり前と言えば当たり前だった。

ずぶ濡《ぬ》れになった茉莉花の服は全部洗濯《せんたく》中。

風呂《ふろ》上がりの身体に冷たい下着をつける理由がない。

納得《なっとく》して──生唾を飲《の》み込《こ》んだ。落ち着いている場合ではない。

写真撮影はともかく、ここまであっさり茉莉花が肌《はだ》を晒《さら》すとは思っていなかった。

裏垢投稿《うらあかとうこう》で裸体《らたい》を人目に触《ふ》れさせることに抵抗がなくなっているのかもしれないが……

今、この場には勉がいるのに、これほどの脱ぎっぷりは完全に想定外だった。

──何もしないで放っておいていいのか？

ふいに頭の内側から声が聞こえた。

かつての勉は『ＲＩＫＡ』こと茉莉花の投稿を心待ちにしていた。

彼女《かのじょ》の正体──ふたりが同一人物だと知っても、情熱が陰《かげ》ることはなかった。

『ＲＩＫＡ』にせよ『立華　茉莉花』にせよ、自分からは遠くかけ離《はな》れた存在と認識《にんしき》していたからに他ならない。

今は違う。

勉と茉莉花は『友だち』になった。

とてもではないが無関係とは言い難《がた》い間柄《あいだがら》だ。

『友だち』のエロ画像を無邪気《むじゃき》に堪能《たんのう》するのはアリなのか？

その疑問は、あのカラオケ以来ずっと胸の奥でドロリと蟠《わだかま》っていた。

「ねぇ狩谷君」

「……」

「か・り・や、くん！」

「うおっ、な、なんだ⁉」

ひとりで煩悶《はんもん》していると、茉莉花がずいっと顔を寄せてのぞき込んできた。

仁王立ちのポーズからの前傾《ぜんけい》姿勢。前のボタンが外れているせいで破壊力《はかいりょく》が凄《すさ》まじい。

あと少し何かが起きてしまったら、見えてはならないものが見えてしまう。ポロリと。

「私を前に余所見《よそみ》とか……それ、どーゆー了見《りょうけん》？」

「いや、別に余所見なんてしていないぞ」

「じゃあ何なの」

「……なんでもない」

「うそ」

「うそじゃない」

今さら茉莉花のエロ画像を楽しむ自分に罪悪感を抱《いだ》いたと口にしても説得力がない。

眼前の少女の中では、おそらく『狩谷　勉』＝『エロ男』の公式が成立している。

その公式を大前提としたうえで、なお茉莉花は勉を『友だち』と認識しているのだ。

だから……茉莉花に対して心の中で葛藤《かっとう》を抱《かか》えていることを本人に悟《さと》られると、現在の自分たちの関係性に異変が生じる危険性すらある。

何も言えない。今までどおり平静を装うしかない。

「ふ～ん」

「……」

互《たが》いに至近距離《きょり》で睨み合う。

茉莉花の吐息《といき》が、勉の頬《ほお》を撫でる。

甘《あま》くて、蠱惑的《こわくてき》で、アブナイ香りがした。

「……ま、いっか」

ひとり納得したらしい茉莉花の顔から険が取れた。

あとに残るのは、いつものチャーミングな彼女の姿だけ。

「それで、いったい何の用なんだ？」

「ああ、うん。ねぇ、狩谷君……ボタン、全部外した方がいいかな？」

「は？」

ホッとひと息つけたと思ったのに、たったひと言で再び理性がシェイクされる。

迫《せま》り来る視覚的幸福に溺《おぼ》れて、聴覚的ゲシュタルト崩壊が止まらない。

――外す？　何を？　全部？　何が？

「だ〜か〜ら〜、ボタン！」

「お、おう、外した方がいいんじゃないか」

留めるか外すかなら外す。

ほとんど反射的に答えていた。

答えた後で『ボタン？』と口の中で反芻《はんすう》し――驚愕《きょうがく》のあまりパニックになりかけた。

あまり仕事をしない自分の表情筋に、この時ほど感謝したことはない。

エロい本性《ほんしょう》がバレていても取り繕《つくろ》いたい矜持《きょうじ》はある。

「やっぱり？　えっちな狩谷君ならそー言うんじゃないかと思ったけど」

「いや……男なら、誰だって同じだぞ」

「えっちだ」

くすくす笑う茉莉花の指が、肌をなぞるように下りていくさまを目で追って……

「ちょ、ちょっと待て！」

「何でそこで不機嫌になるのか理解できん。立華、お前下着……って外すな！」

「ん〜」

　茉莉花は下着を身につけていない。

　ワイシャツのボタンを全部外したら――

「『ＲＩＫＡ』さんのアカウントは全年齢《ねんれい》向けだろ。見えたら運営に削除《さくじょ》されるぞ！」

「ふふ……見えたらって、何が？」

「な、何って……その」

　迫りくる茉莉花を避《さ》け、目を閉じて首を曲げた。

　ショート寸前の理性が最後の最後で仕事をしてくれた。

「ねぇ、狩谷君」

「なんだ？」

「見て」

「……断る」

　蕩《とろ》けるような誘惑《ゆうわく》の声に歯を食いしばって耐《た》えた。

　勉の左右の頬を、すべらかなソフトタッチがくすぐった。

「……なに？」

茉莉花の手のひらだと気付いて、ぶわりと全身の毛穴が開いた。

背筋が震えた。悪寒《おかん》の類ではない。火山の噴火《ふんか》に似た魂《たましい》の鳴動だった。

辛《かろ》うじて目蓋を閉じ続けてはいるものの、涙《なみだ》ぐましい我慢が却って勉を追いつめる。

視界を塞《ふさ》いでいる分だけ、顎から耳の付け根まで撫で上げてくる指を鮮明《せんめい》に感じられた。

——これは……マズいぞ！

まるで直接頭の中をかき回されているような官能的感覚。

緊張《きんちょう》状態に奇襲《きしゅう》を受けたせいで、その手を振《ふ》り払《はら》えない。

しっとりした温度を感じる。茉莉花の身体が発する熱だ。

甘やかな芳香《ほうこう》が鼻腔《びこう》を通って脳に侵入《しんにゅう》してくる。ヤバい。

「何で……何でこんなことをする？」

「『ＲＩＫＡ』へのリプ見たでしょ。みんなを失望させたくないの」

「それなら、俺がいないところでやればいいだろ」

「ふふっ……リアルの男子がどんな感じなのか、直に見たくなったってのはどーかな？」

「冗談《じょうだん》にしては笑えないな」

「冗談じゃないし。どんな写真が受けるのか～とか生の感想が聞きたいし」

「そんなに大切か？」

『何が？』とは言わなかった。

あえて付け加えるならば裏垢に絡むすべてである。

数多《あまた》の男性と交際し、ことごとく破局してきた茉莉花は強い孤独《こどく》を抱えている。

そして、孤独感は承認《しょうにん》欲求と並んで裏垢に手を染める原因のひとつとされている。

いずれもインターネットで仕入れた情報に過ぎないが、間違《まちが》っているとは思わない。

ただ……彼女が抱える孤独の一端《いったん》に触れはしたが、ここまで極端《きょくたん》な言動は納得できない。

勉はことさらに常識人を名乗るつもりはなかったが、どう考えても裏垢にまつわる茉莉花の言動は行きすぎているように思えてならない。

特に今日は何から何まで尋常《じんじょう》ではない。

どうして眼前の少女がここまで裏垢に入れ込むのか、せめて理由を知りたかった。

「うん、大切」

茉莉花の答えは簡潔を極めていたが、勉の問いには答えていなかった。

はぐらかされたことに、かすかな不満を覚える。

「立華の趣味についてケチをつけるつもりはない。でも、これは、やりすぎだろ？」

「やりすぎって……お礼のつもりなんだけど」

「俺は、ここまでしてほしいとは言っていない！」

半分ウソだった。言ってはいないが望んではいる。

憧れの裏垢主、その生の裸体を見たくないわけがない。

ただ……ありのままの本音を素直に答えることは憚《はばか》られた。

人間関係に疎《うと》い勉でもわかる。言われなくったってわかる。

茉莉花の誘《さそ》いは明らかに『友だち』の領域を超《こ》えている。

「でも、私にできることってこれくらいしかないし」

「いや、他にも何かあるはずだ。しっかり考えろ」

「狩谷君、お願い……私に恥《はじ》をかかせないで」

遠い雨音に茉莉花の声が交じる。

切実な響きに心がかき乱される。

——俺の想像を超える事情があるのだろうか。

都合のいい考えが脳裏をよぎって、視界を封印《ふういん》する力が弱まってしまった。

茉莉花が何を考えているのか、さっぱり理解が及《およ》ばないが……永遠に目を閉じ続けるのは不可能だ。言い訳ばかりが積み重なっていく。

限界だった。

「どうなっても知らんぞ」

「……うん。大丈夫。だから見て、ほら」

その声が最後の一押《ひとお》しだった。

理性が沸騰《ふっとう》し、欲望が決壊《けっかい》する。

どれだけ理屈《りくつ》を並べてみても、本能には勝てなかった。

抗《あらが》いがたい性欲が、茉莉花と築き上げてきた関係を崩壊させるかもしれない恐怖《きょうふ》すら上回った。

――クソッ、俺って奴はッ！

己《おのれ》が不甲斐《ふがい》なさを嘆きながら目を見開いて――勉は絶句した。

◇

暗闇《くらやみ》から解放された視界は白かった。

さながら誰も足跡《あしあと》を付けていない新雪を思わせる白。

シミひとつないすべらかな肌と、飾《かざ》り気《け》のなさすぎる純白の下着。

学校のアイドル『立華　茉莉花』が、お腹と下着を見せつけている。

勉の部屋で。ふたりきりで。

お互いの息遣《いきづか》いすら感じられる距離で。

意識が遠のきかける。あらゆる情動が漂白《ひょうはく》されていく。

「ざ〜んね〜んでした！　期待した？　ねぇ、期待した？」

眼前の光景に目を灼《や》かれた勉の頭上から、茉莉花が囃《はや》し立ててくる。

見上げると『イタズラ成功』と言わんばかりのキラキラした漆黒《しっこく》の瞳《ひとみ》があった。

彼女の顔には満面の笑《え》みが浮かんでいる。心の底から楽しそうだ。

「あ……いや、その……」

対する勉には——ずり落ちた眼鏡の位置を直す余裕《よゆう》すらなくて、舌も上手《うま》く回らない。

想像していたものとは異なるとはいえ、これはこれで衝撃的《しょうげきてき》なヴィジョンだ。

いずれにせよ、茉莉花のテンションにはついていけない。

「『何で下着穿《は》いてるんだ』って思ったでしょ？」

「まぁ……それは、そうだな」

素朴《そぼく》な疑問だった。

全身濡れ鼠《ねずみ》の茉莉花と一緒《いっしょ》に帰ってきた。

勉の下着は沁《し》み込んできた雨水でグショグショだった。

ならば茉莉花だって同じ状況《じょうきょう》のはずなのに。

――まさか、学校に替《か》えを持って行っているのか？

頭に浮かんだ仮定をノータイムで却下《きゃっか》した。

目の前の少女は傘《かさ》を忘れてきたとボヤいていた。

傘の代わりに下着を持ってくるＪＫは存在しないと思う。

――常備している可能性もなくはない……のか？

無言で首を横に振った。あまりにもバカバカしすぎる仮定だ。

「ここに来る途中《とちゅう》にコンビニに寄ったでしょ。あそこで買ったの」

「ああ、そうなのか」

「私が何を買ったと思ってたのかな、狩谷君？」

「何って、それは……」

薄暗《うすぐら》い夜の闇《やみ》。男と女がふたりきり。コンビニで買い物。

三つの点を線で結ぶとするならば、答えは……ひとつしかない。

想像した次の瞬間、勉の口は勝手にうわ言めいたセリフをぶちまけ始めた。

「待て、違《ちが》うぞ。そんなことは考えていない！」

「そんなことってどんなこと？」

「立華……お前、絶対にワザと言ってるだろ⁉」

腹立たしさで胸がいっぱいになるも、その怒《いか》りは即座《そくざ》に霧散《むさん》した。
それほどに――『立華　茉莉花』は絶景に過ぎた。
明かりに照らされて透《す》け気味《ぎみ》の白いワイシャツと微《かす》かに色づいた白い肌。
南半球どころか角度によっては北半球まで見えるアングル。
先端《せんたん》が絶妙《ぜつみょう》に隠《かく》されているのが残念なような、ホッとするような。
口できれいごとを並べ立てる裏で、眼前の光景をしっかりと目に焼き付けた。
重力の影響《えいきょう》を受けてたわむ胸のさらに向こう、漆黒の瞳と視線がかち合った。
勉の全身が妙《みょう》な昂《たかぶ》りに飲み込まれる。でも、目を逸《そ》らそうとは思わなかった。
「……」
「……」
しばしふたりで見つめ合い――今度は茉莉花の頬が燃えた。
慌《あわ》てて前を隠して距離を取りかけて、足をもつれさせて後ろに転んだ。
お尻が丸見え。ラッキースケベどころか盛大《せいだい》な自爆《じばく》だった。何から何まで完璧《かんぺき》だ。
「いたた……ちょ、ちょっと待って。やっぱ今のナシで」
――やっと正気に戻《もど》ったか。
痛みで涙目《なみだめ》な茉莉花の口から飛び出た、ようやくすぎる制止の声。

「こんなダサい下着見せつけるとか、私、バカみたいじゃん」

「違う、そうじゃない」

ダサかろうがダサくなかろうが、男に下着を見せつける時点でおかしい。

彼女の羞恥心《しゅうちしん》がどこを向いているのか、まるで理解できない。

「勘違《かんちが》いしないように言っておくけど」

「……ああ」

「ちゃんとセクシーな下着も持ってるからね」

「……それ、どう答えればいいんだ？」

「……」

「……」

「えっと、見たい？」

「いい加減にしろッ！」

我慢の限界だった。

勢い良く立ち上がって曇《くも》ったレンズ越《ご》しに睨《にら》み付けると、今さらながらに頬を赤らめた少女がギョッと目を見開いた。

常ならぬ勉の様子に驚《おどろ》きが隠せない模様。

無理もないと思った。

それどころではなかった。

「俺が……ッ」

激情に支配されて、言葉が続かなかった。


傘を忘れた。

電車が止まって帰れない。

全身ずぶ濡れで風邪《かぜ》をひきそう。

行くところがない。頼《たよ》れる人がいない。

茉莉花がどうしようもなく困っていたから、やむなく家に招き入れた。

シャワーを浴びている時だって我慢した。

裸ワイシャツにだって耐えた。ポニーテールもだ。

歯を食いしばって『友だち』としての節度を守ってきた。

――だというのに……ッ！

勉だって男だ。思春期の男子だ。

茉莉花にはバレているが、エロいことが大好きな高校生だ。

ここまで露骨に挑発されて、いつまでも理性を保ち続けるのは無理だった。

「……」

湧《わ》き上がる衝動《しょうどう》に身を任せて歩みを進める。

対する茉莉花は尻もちをついた姿勢で後ずさっていく。

前を押さえていた手を床《ゆか》について、不器用に間合いを取ろうとしていた。

無駄《むだ》なことだ。歩幅《ほはば》は勉の方が大きい。互いの距離はみるみるうちに縮まって、あっという間に目と鼻の先。

膝《ひざ》をついて顔を寄せると、茉莉花がゴクリと唾《つば》を飲む音が聞こえた。

いつもは余裕を窺《うかが》わせる瞳が、今は不安げに揺《ゆ》れている。

「か、狩谷君……近いよ」

「誰のせいだと思ってるんだ」

声が震えた。

怒りのせいではない。

全身の昂《たか》ぶりが抑えられない。

鼻先をくすぐる香りに違和感《いわかん》を覚えた。

いつもの茉莉花が纏《まと》っている匂《にお》いではなかった。

――立華から、俺の匂いがする。

言動はともかく、茉莉花はれっきとした年頃《としごろ》の少女だ。シャワーを浴びて湯船に肩まで浸《つ》かってハイ終わりでは済ませられなかったのだろう。

浴室にあったシャンプーやボディーソープに手を伸ばしたことは想像に難《かた》くない。

どちらも普段《ふだん》から勉が使っているものだ。だから勉と同じ匂いがする。

否、厳密には同じ匂いではなかった。

今の茉莉花が放つ匂いは、彼女自身の匂いと勉の匂いがブレンドされているものだ。

いつもの茉莉花の匂いと、いつもの勉の匂いが混じって生まれた新しい匂い。

どちらにも似て、どちらとも異なる匂い。ふたりを繋《つな》ぐ匂いだった。

「はぁ……はぁ……」

ワイシャツのボタンは外されたままで、前ははだけられたまま。

ほんのり桜色に染まった肌から溢れる芳香は強まる一方で。

そのかぐわしい匂いが勉の理性を焦《こ》がしてやまない。

さらに身体を寄せると、ついに茉莉花は仰向《あおむ》けに寝転《ねころ》んでしまった。

自慢《じまん》の黒髪《くろかみ》が床に広がって、その上に勉の身体が圧《の》し掛《か》かる。

押《お》し潰《つぶ》してしまわないように、少しずつ距離を詰《つ》める。

「俺は……俺はッ」

それ以上は言葉にならない。

今の勉は、ただひたすら本能に突《つ》き動かされていた。

目の前にある肢体《したい》から体温を感じる。まだ触れてもいないのに。

少女の唇《くちびる》から漏《も》れる吐息を感じた。甘い香りだった。頭がクラクラする。

「すまん立華。お前は悪くない。俺が悪い。止まらないんだ」

「狩谷君……だめだよ」

茉莉花の声は掠《かす》れていた。

いつもの強気は鳴りを潜《ひそ》めて、弱々しくて。思わず抱きしめたくなる。

勉を止めようと胸に這《は》わされた茉莉花の白い手に、力は籠《こも》っていない。

妖《あや》しい光を宿した漆黒の瞳、かすかに開いた唇と覗《のぞ》く舌に心惹《ひ》かれる。

「狩谷君……私、私ね……」

茉莉花の声は震えていた。

拒絶《きょぜつ》しているのか、誘っているのか。

判断する理性は、もう勉に残されていなかった。

ふたりの距離がゼロになって……影が、肌が重なり合って——

ぶるるるるるッ

机の上に置きっぱなしになっていたスマートフォンがガタガタと躍った。

硬質《こうしつ》の物体がぶつかり合う音が室内に鳴り響《ひび》き、勉はハッと身体を跳《は》ね上げた。

茉莉花を見下ろすと——彼女もまた呆然《ぼうぜん》と勉を見上げている。

「……」

「……」

ふたり揃《そろ》って頷《うなず》き合って、そろりそろりと距離を開けていく。

「はぁ……はぁ」

茉莉花の吐息が荒《あら》い。勉の吐息も荒い。

茉莉花の声が耳に届くだけで、勉の脳は激しく揺さぶられる。

それでも、先ほどまで激しく燃え上がっていた狂《くる》おしいほどの熱は残っていない。

──俺はいったい何を……
記憶《きおく》を遡《さかのぼ》って状況を把握《はあく》し直すと、どっと罪悪感が押し寄せてくる。
踏《ふ》みとどまった安堵《あんど》と、矛盾《むじゅん》する残念な心持ちも入り交じっている。
チラリと茉莉花に視線を送ると目を逸らされた。彼女は耳まで真っ赤になっていた。
白い指はボタンを留《と》めようとしているが、震《ふる》えて上手く動いていない。
深呼吸で大きく膨《ふく》らんだ胸に、手のひらが沈《しず》み込んでいた。
「……電話、出たら？」
「あ、ああ……」
茉莉花に促《うなが》されて、震えっ放《ぱな》しのスマートフォンに手を伸《の》ばした。
ディスプレイに表示されていたのは──義妹《ぎまい》の名前。
『ヘタレ』と小さな声が聞こえた気がした。

第3章　ガリ勉くん、述懐する

@URAAKASAN

遠くから雨と風の音が聞こえてくる。手に持ったスマートフォンが震えている。
飾り気のないディスプレイには義妹の名前が表示されていた。
かなり長い間放置し続けているが、一向に諦《あきら》める様子がない。
何が何でも通話したい的な強い意志を感じて、ため息ひとつ。
勉《つとむ》は表面をタップして端末《たんまつ》に耳を寄せた。
『もしもし、義兄《にい》さん？』
「ああ、俺だ……どうかしたのか？」
スマホから聞こえるのは——やはり聞き飽《あ》きた、もとい聞き慣れた義妹の声だった。
『ああ、よかった。全然出ないから何かあったのかと思いました』
「大袈裟《おおげさ》だな」
苦笑《くしょう》を浮《う》かべながらソファに腰《こし》を下ろし、そっと中指で眼鏡のフレームを押し上げる。
レンズの向こうには、茉莉花《まつりか》が白いお尻《しり》を床にぺたんと下ろしたまま。

腰まで届く艶《つや》やかな黒髪は、少し乱れたまま。

ワイシャツの前を押さえたまま、きょとんとした表情のまま。

彼女の頬はまだ真っ赤に染まったまま。

そして、勉の顔も熱を持ったまま。

『大袈裟って……今日は酷《ひど》い天気でしょう？　私が義兄さんの心配するのは変ですか？』

「変ではないな。仰々《ぎょうぎょう》しいってだけだ」

『もう！』

適当なことを口にする裏で、『これじゃあべこべだ』と自分自身に呆《あき》れていた。

時代錯誤《じだいさくご》な発想かもしれないが、こういう時は男が女を心配するべきではないのか、と。

……まぁ、勉はつい今しがたまで義妹のことなど完全に忘れていたが。

『あの、義兄さん？』

「どうした？」

『その……なんだか息が荒いようですが』

「そ、そうか⁉」

ギクリとさせられる。

確かに呼吸は正常に戻ってはいない。

茉莉花との異常接近の余韻《よいん》がまだ残っている。

取り落としそうになったスマホを右手で握《にぎ》りしめ、左手で胸を強く押さえる。

バクバクと心臓の鼓動《こどう》が感じられた。指摘《してき》されると余計にドキドキする。

『もしかして、もう風邪を召《め》されているとか？』

「いや、そういうことはないと思うが……」

『傘は持って行かれているのですよね？』

「ああ」

『濡れた服をずっと着ているということはありませんよね？』

「ちゃんと着替《きが》えた」

『お風呂には入られましたか？』

「入った」

しれっと嘘《うそ》をついた。実際はシャワーを浴びただけだ。

茉莉花の残り香にあてられて風呂は適当に済ませてしまった。

身体の芯《しん》まで温まったかと問われれば、これは首を横に振るしかない。

電話の向こうにいる義妹には顔が見えないから、誤魔化《ごまか》してもバレはしないが。

「そっちこそどうなんだ？」

『私ですか？　こちらはいつものとおりです』

「……だったらいいが。電車も止まってるから無茶《むちゃ》するなよ」

『言われるまでもありません。義兄さんこそ、無茶してアルバイトに行こうとされているのではないかと気になりまして』

　割と図星だった。

　事前に連絡《れんらく》がなかったら、今日も普通《ふつう》にアルバイトに顔を出していたに違いない。移動範囲《はんい》は徒歩圏《けん》内だから大きな問題にはならないだろうが、疲労困憊《ひろうこんぱい》&全身ずぶ濡れのダブルパンチからのノックダウンな未来しか見えない。

『だいたい義兄さんはですね……』

　鋭《するど》く問い詰められて冷《ひ》や汗《あせ》をかく勉に頓着《とんちゃく》することなく、義妹の小言は延々と続いた。

◇

『……って聞いていますか、義兄さん？』

「聞いているが、そろそろ切っていいか？　こっちはまだやることが残ってるんだ」

『あ、すみません。大変、もうこんな時間！　では、また連絡しますね』

「……別にしなくていいぞ」

『もう！　意地悪ばっかり！』

少し怒りを乗せた声を最後に、義妹は通話を切ってくれた。

――危なかったな。

保護者じみた口ぶりに辟易《へきえき》して、つい余計なひと言を付け足してしまった。

機嫌《きげん》の悪いときなら、あそこからもう一回火がついてクドクドと続く流れだった。

「ふぅ……」

スマートフォンをソファに投げ捨てる。

義妹との通話は思いのほか長くなった。全身に疲労《ひろう》感を覚えるほどに。

良いこともあった。

時間を置いたせいで、落ち着きを取り戻すことができた。

「はい」

素っ気ない声とともに、テーブルにコップが置かれた。

なみなみと注がれている麦茶が、長電話で渇《かわ》いた喉《のど》に染《し》み渡《わた》った。

「すまんな」

「どういたしまして」

すぐ横に腰を下ろした茉莉花は、そっぽを向いて麦茶で喉を潤《うるお》している。

勉が義妹と通話している間に、彼女はワイシャツのボタンをきっちり留めていた。

相変わらず下には何も穿《は》いておらず、ほんのりと色づいた白い脚《あし》は大胆《だいたん》に晒されていた。

十分すぎる目の保養……ではなく目の毒なのだが、茉莉花は頑《かたく》なに脚を隠そうとしない。

「今の電話、誰《だれ》から？」

その茉莉花が尋《たず》ねてくる。

いつもの調子を取り戻しているようでいて、よくよく聞くと声が微妙《びみょう》に揺れている。

──無理もない。

多少はマシになったと言っても、勉だって茉莉花にとやかく言える状態ではない。

心身を灼《や》く狂おしい熱こそ引いているが、彼女の体温を隣《となり》に感じて居た堪《たま》れない。

だからと言って、わざとらしく距離を空けるのも情けなく思えてくる。

結局、麦茶を飲みながら平静を装《よそお》うことしかできなかった。

「義妹からだ」

「妹さん？　狩谷《かりや》君、兄妹《きょうだい》がいたの？」

物凄《ものすご》い速さで茉莉花の首が曲がり、大きく見開かれた瞳が勉に向けられる。

その整った顔には、純粋《じゅんすい》な驚きが広がっていた。

奇妙《きみょう》な反応だと思ったし、奇妙な胸騒《むなさわ》ぎもした。

「……俺《おれ》に義妹がいても、別におかしくはないと思うが？」

「うん、おかしくない。おかしくはないけど……何か引っかかるの」

コップを傾《かたむ》けて唇を湿《しめ》らせる間も、茉莉花はしきりに首をかしげている。

「そうだ……さっき、料理は子どものころからやってるって言ってたよね？」

「ああ、言ったな」

「それって、妹さんは手伝ってくれなかったの？」

「ん？」

今度は勉が首をかしげる番だった。

子どものころに義妹がいるわけがない。

どうにも話が噛《か》み合わなくて、ふたり揃って眉《まゆ》を寄せた。

口を閉ざして顎《あご》を幾度《いくど》となく撫《な》で、あれこれ思考した末に――

――そういうことか。

自分と茉莉花の認識《にんしき》に大きな食《く》い違いがあると気づいた。

眼鏡の位置を直し、伝えるべき言葉を頭の中で整理する。

「立華《たちばな》は勘違いをしている」

「勘違い？」

「そうだ。『いもうと』といっても血は繋がっていない。義理の妹だぞ」

「義理の妹？」

「そうだ。俺が中学二年生の時にお袋《ふくろ》が再婚《さいこん》した。ウチはずっと母子家庭でな。昔から家のことはほとんど俺がやっていたんだ」

「ああ、それで……」

茉莉花は『マズいことを聞いたかな？』と言いたげな表情で頷く。

揺れる眼差《まなざ》しと煮《に》え切らない声。微妙な重力を孕《はら》んだ空気を肌《はだ》で感じた。

これまでの人生で何度となく味わってきた雰囲気《ふんいき》だったので、次に勉が口にする言葉は完全にテンプレート化している。

「イチイチ気にするほどのことでもない」

「そう……なの？　えっと、もうちょっと突っ込《こ》んだこと聞いてもいい？」

事もなげに振る舞《ま》ってみせた途端《とたん》、茉莉花が食い付いてきた。

一転して興味を隠し切れない漆黒の瞳が、キラキラと輝《かがや》いている。

この反応は予想外で、従来のテンプレからは大きくかけ離《はな》れていた。

どこがツボだったのかは判然としないが『別に構うまい』と苦笑した。

「どうぞ」

「あ、いや、その……狩谷君って、ご家族と上手くいってないのかなって」

茉莉花らしいと言えばらしい不躾《ぶしつけ》な態度から出てきたのは、意外な言葉だった。

『義妹さんとの会話に距離《きょり》があったってゆーか』と付け加えられて違和感を覚えた。

疑問そのものは不思議なものではないし、別に不快でも何でもないが……

──なんだ、この感覚は？

憐《あわ》れまれているわけではない。そういう顔は幼いころから何度も見てきた。

同情されているわけでもない。侮《あなど》られているわけでもない。

──期待されている、か？

根拠《こんきょ》はなかったが、それほど的を外してはいないと直感した。

勉の成績を喜ばしげに語る母や義父、無邪気《むじゃき》な教師たちから向けられる感情に似ている。

……とは言え、勉がもともと母子家庭で両親が再婚しただけのエピソードに、眼前の少女はいったい何を期待しているのだろう？

茉莉花の言葉と表情が酷くチグハグに思えた。

それでも、質問を許しておいて答えをはぐらかす選択肢《せんたくし》はない。

冷たさを感じる手の中のコップ、揺れる茶色の水面を見つめながら言葉を探す。

「そんなことはない。ウチは上手くいっている。上手くいっているんだ。ただ……」

無意識に繰《く》り返された『上手くいっている』が、自分の耳にすら嘘臭《うそくさ》く聞こえた。

「ただ？」

ちらりと横目で様子を窺うと、茉莉花は先ほどよりも前のめり気味になっていた。

ボタンが外された襟《えり》から覗く鎖骨《さこつ》と、黒髪が流れ落ちる柔らかな谷間が生々しい。

桃色《ももいろ》の唇は引き締《し》められていたが、話の続きを聞きたがっているのは明白だった。

――話しても……別に良いか。

これまで誰にも打ち明けたことはなかった。

ずっと胸の内に秘《ひ》めておこうかとも思った。

でも、誰かに聞いてほしいとも思っていた。

茉莉花になら話しても構わないと思った。

理由は、自分でも上手く説明できない。

「俺にも色々あるということだ……な」

騒めく風雨の音に紛《まぎ》れて、今まで胸の奥《おく》に封《ふう》じていた言葉がポツリポツリと漏れ始めた。

物心ついたころには、すでに父はいなかった。

『なぜ我《わ》が家《や》には父親がいないのか？』

子ども心に疑問を抱《いだ》くのは当然のことで、特に深く考えることもなく母に尋ねた。

勉の問いに母は涙を浮かべ『お父さんは仕事の最中に……』と声を詰まらせた。

彼女《かのじょ》はその点について嘘や誤魔化しで息子《むすこ》を煙《けむ》に巻こうとはしなかった。

代わりに、たくさんの写真や動画をふたりで肩《かた》を並べて鑑賞《かんしょう》した。

そこには在りし日の仲睦《むつ》まじい父と母の姿があった。


「お父さんを覚えていないって……それ、寂《さび》しくなかったの？」

「寂しさは特に感じなかったな。最初からいないと存外気にならないものだ」

我が事とは言え薄情《はくじょう》だとは思うから、皮肉げでいびつな笑《え》みを浮かべざるを得なかった。

母は真実を語ると同時に、息子の心を慮《おもんぱか》ってたくさんの『父の記録』を見せてくれた。

しかし……彼女の努力とは裏腹に、当の息子は何ひとつ感興を催《もよお》すことがなかった。

いくら人の心の機微《きび》に疎い勉でも母の気遣《きづか》いを察することはできたから、『興味ない』という本音は封印した。

「色々と見せられたが、そこに写っている男が父親だと言われてもピンとこなかったな」

「……」

『狩谷　勉』には明確な『父親』のイメージが存在しない。

そう続けると、茉莉花は眉を寄せて複雑な表情を形作った。


父親不在の母子家庭で育った。

暮らし向きは良くなかった。端的《たんてき》に言えば貧しかった。

母は生真面目《きまじめ》な性格の持ち主で、朝早くから夜遅《よるおそ》くまで働いていた。

年若い女ひとりで子どもを育てなければならないのだ。その労苦は想像を絶する。

あとになってから『なぜ実家を頼らなかったのか？』と疑問が湧いたが、当時の勉はそこまで考えが及ばなかった。

広くもない家にひとり残された勉もまた、気楽に日々を過ごしてはいられなかった。

父を覚えていないことよりも、母が傍《そば》にいないことが辛《つら》かった。

「辛かったことは認めるんだ？」

「ああ。当時の俺は、まだ小さかったしな」

「ふ～ん、素直《すなお》じゃん」

「でも、それ以上に……俺のために頑張《がんば》ってくれている母を助けたかった」

「え」

できることは何でもやった。洗濯《せんたく》や掃除《そうじ》など家事は率先《そっせん》して行った。

心配性《しんぱいしょう》な母の許可を得て、簡単な料理も作り始めた。

ひたむきに何かをしている間は余計なことを考えずに済んだし、疲労困憊で帰ってくる母が見せてくれる笑顔を思えば……多少の手間がかかろうと、まったく気にならなかった。

それでも、年端《としは》もいかない子どもにできることなんてたかが知れている。

身を粉にして働いている母に報《むく》いる方法は何かないか、ひたすら考えた。

そして、若くして才能を発揮して大金を稼《かせ》ぐ者が存在することを知った。

『これだ』と思った。将棋《しょうぎ》・囲碁《いご》・スポーツ・芸能……なんでもよかった。

自分にも何かひとつでも才能があれば、母の負担を減らすことができる。

期待と決意を胸に秘め、ままならない環境《かんきょう》の中で可能な限り試《ため》してみた。

あれこれ手を伸ばした結果——自分には何の才能もないという事実だけが残った。

「狩谷君、それは……」

「前にも言ったが、俺はただの凡人《ぼんじん》だった。それだけだ」

落ち込みはしたが嘆《なげ》いている暇《ひま》はなかった。

無能な子どもの自分にできることは何かないか？

どれだけ悩《なや》んでも調べても答えが見つからなかった。

結局——勉強することにした。きっかけは覚えていない。

たくさん勉強して、いい学校に行って、いい会社に入って。

たくさん給料をもらって母に楽をさせてやる。

それが勉の目指す未来となった。


「それで……ずっと勉強頑張ってたんだね」

「他にできそうなことが何もなかったからな」

「いやいや、狩谷君は色々やりすぎだと思うよ」

「そうか？」

「ええ。家に帰ってきたら息子が家事をしてくれてるってだけでも十分だし。きっとお母さん大喜びだったんじゃないかな」

「……そうかな？」

「そうだよ。ちょっと羨《うらや》ましい」

「立華？」

「なんでもない。続けて」

順風満帆《じゅんぷうまんぱん》とは到底《とうてい》言い難《がた》かったが、神やら運命やらを呪《のろ》うほどでもない。

そんな勉の人生が想定外の方向へ舵《かじ》を切るイベントが唐突《とうとつ》に発生した。

中学二年生になったある日、神妙《しんみょう》な顔をした母から告げられたのだ。


『お母さん、再婚を考えている人がいるの』


再婚。その言葉の意味は知っていた。

夫を失って久しい母が、新しい男性と夫婦《ふうふ》になることだ。

その口ぶりは何とも申し訳なさそうなものではあったが……息子である自分に母が遠慮《えんりょ》する理由に思い当たるところはなかった。

再婚の是非《ぜひ》を問われたものの、『否』と口にするつもりなどあろうはずもない。

母がひとり身になって十年以上の月日が経過していた。亡《な》き夫に操《みさお》を立てるにしても十分すぎるし、自分を含《ふく》め誰かに忖度《そんたく》する必要はないと答えた。

母は再婚し、新しい家族ができた。ひとつ年下の義妹が新しくできた（？）ことには驚かされたが……何はともあれ『狩谷　勉』としての新しい生活が始まった。

「新しいお義父《とう》さんが嫌《いや》な人だったとか？」

茉莉花の問いに勉は首を横に振《ふ》った。

「まさか。まともな人だ。いつも穏《おだ》やかで……それでも、叱《しか》るべき時は叱ってくれる。理《り》不尽《ふじん》にわめいたりもしない。『できた人間』と称《しょう》するのが一番近いな」

「……ふ～ん、そうなんだ。いいお義父さんなんだ。よかったね」

「そうだ」

頷きはしたが、茉莉花の声に先ほどとは異なる違和感を覚えた。

勉が口を開くより早く、さらなる問いが積み重ねられる。

「でも――だったら、何でそんな顔してるの？」

「……そんな顔？」

「ええ、凄《すご》く渋《しぶ》い顔になってる」

言われて眼鏡を外し、右手で顔を覆《おお》う。

手のひら越しに表情筋の強張《こわば》りを感じた。

「いいお義父さんができて、かわいい義妹さんができて。それで『めでたしめでたし』って話じゃないよね。狩谷君、何か無理してるみたい」

的確に急所を突く指摘に息を呑《の》み、言葉を詰まらされる。

やはり茉莉花は鋭い。どうにも一筋縄ではいかない相手だ。

至近距離で顔を見られていたから、誤魔化しようはなかった。

漆黒《しっこく》の瞳《ひとみ》に映る自分の顔から、隠し切れない疲労が滲《にじ》んでいた。

「いい義父だと思う。人間的にできた人で……財力に恵《めぐ》まれた人でもあった」

ため息とともに、永らく胸中に蟠《わだかま》っていた黒く醜《みにく》い本音を吐《は》き出した。

そう、新しい家族による新しい生活は明るい未来を予感させた。

……ただし、勉を除く。


「目標が失われた。誰が悪いわけでもないから愚痴《ぐち》を言うこともできない」


母を幸せにすることは、勉にとって人生の目的だった。

自分の役割だと思っていた。自分にしかできないと思っていた。

思《おも》い込みだった。思い上がりだったかもしれない。勉でなくとも何の問題もなかった。

そもそも自分が大人になるまでには時間がかかるし、大人になったところで母を幸せにできる保証もない。

いい再婚相手を見つけて自力で幸せを掴《つか》んだ母は凄いと誇《ほこ》るべきなのに、できなかった。

とんとん拍子《ひょうし》に進む話と新しい家族の裏で、ずっとモヤモヤした感情に苛《さいな》まれてきた。

誰が悪いのか？

何が悪いのか？

あえて言うならば、小さなことにグダグダと拘《こだわ》っている勉が悪い。

他人に指摘されるまでもなく、自分自身で十分に理解している。

「お袋に言われた。『無理しなくていい。これからは自由に将来を考えてほしい』とな」

無理をしていると思われていたことがショックだった。

咄嗟《とっさ》に『問題ない。自分は昔から好き勝手にやっている』と強がって見せたつもりだったが……上手《うま》く表情や声を作れていたか、今となってはわからない。

一事が万事《ばんじ》似たような有様だったから、勉だけが新しい狩谷家に馴染《なじ》めなかった。

義父のことを認めつつも、鬱屈《うっくつ》した感情を払《ふっ》しょくできなかった。

だから、高校進学を機に家を出ることにした。

義父もまた勉の胸の内を見抜《みぬ》いていたのかもしれない。

血の繋がらない年頃の男女がひとつ屋根の下に暮らす不安云々《うんぬん》を表向きの理由に、快く勉のためにマンションの一室を用意してくれた。

『ここでも義父の世話にならなければならないのか』とやるかたない思いを抱きはしたが、

ひとり暮らしを始めてみれば、ネガティブな感情は少しだけ軽くなった。

「……俺の事情なんて、この程度のものだ」

高校に入ってからも進むべき道筋が見えなかった。

幼いころからの流れで勉強を続けて、大学進学を見据《みす》えてはいる。

その一方で勉強以外にもアルバイトを始めている。資金的には何も問題ないのに。

たまたま食べた料理が美味《うま》かったというのは理由のひとつではあるが、これまでとは違《ちが》うことを始めてみたかったという理由の方が大きい。

「バイトする理由はそれだけ？」

茉莉花の問いが勉の深いところに突き刺《さ》さった。

心の中で舌を巻いた。彼女の洞察《どうさつ》からは逃《に》げられそうにない。

「お金に困ってないのにアルバイトしてる理由、本当にそれだけ？」

「……高校を卒業したら、ここの家賃を義父に返そうと思っている」

「それは止めた方がいいと思う」

「そういうものか？」

「そーゆーものです」

厚意《こうい》を素直に受け取るのも度量のひとつ。

義父は親らしいことをしたがっているのだから、勉は子どもらしくしていればいい。

余計な気遣いは却《かえ》って家庭内の不和を生む。

……というよりも、それは喧嘩《けんか》を売っているようなものだ。

淡々《たんたん》と語る茉莉花の解説は筋が通っていて、口を差し挟《はさ》む余地はなかった。

「つまり幼稚《ようち》なんだな、俺は」

「その点に関してはフォローできないかな」

素っ気ない口振《くちぶ》りこそが彼女なりの気遣いだと気付くことはできた。

誰にも相談したことがなかったから、傍からどう見えているのか認識できていなかった。

――話してみてよかったな……

「教師やほかの連中に対して厳しく接するのも、八つ当たりみたいなものかもしれん」

茉莉花と関わるきっかけになった生徒指導教諭《きょうゆ》とのバチバチも、そのひとつだ。

母が再婚するまでは、もっと我慢《がまん》強《づよ》かったような記憶がある。

最近は癇《かん》に障《さわ》ることがあると食ってかかることが多くなった。

素直な感情が出せるようになったと言えば聞こえが良いが、それを成長と呼べるか否《いな》か
は難しいところだ。

「ねぇ狩谷君」

聞き手に回っていた茉莉花が、ゆっくりと口を開いた。

静かで落ち着いた――それでいて悲痛な声に、勉は思わずこぶしを握り締めた。

「お義父さんとちゃんと話をした方がいいんじゃないかな？」

茉莉花の言葉に勉は目をしばたたかせた。

隣に目をやると、彼女の瞳は真剣《しんけん》な輝きを宿していた。

やらかして照れ隠《かく》し気味だった先ほどまでの雰囲気は、もはや微塵《みじん》も残っていない。

「いや……これは俺がおかしいのであって、義父に何か言うのは違うだろ？」

「違わない。だって、狩谷君は苦しんでるんでしょ？」

「別に苦しんでなんかいない」

「ウソ」

一方的な決めつけに反論したかった。

でも、できなかった。

茉莉花の声には抗《あらが》いがたい説得力があった。

彼女が滲ませるシリアスな空気がそう思わせるのかもしれない。

――クソッ……

高校に入って始めたひとり暮らしは、決して楽なものではなかった。

幼いころから家事をこなしていたおかげか、ひとつひとつの作業に問題はなかった。

それでも、毎日毎日朝から晩まで二十四時間、自分の面倒《めんどう》をすべて自分ひとりで見るのは心身ともに消耗《しょうもう》が激しい。

病気になったときやら忘れ物をしたときなど、万が一とも言えない些細《ささい》なトラブルに見舞《みま》われる可能性にも、以前よりずっと神経を尖《とが》らせなければならなくなっていた。

傍に親がおらず誰にも頼《たよ》れない状況《じょうきょう》は、未成年にとっては厳しい環境だ。

『これまでとあまり変わらない』という当初の見通しがどれほど甘《あま》いものであったのか、この一年で散々に思い知らされた。

……にもかかわらず、『たまには家に顔を出せ』と言われても帰る気は湧《わ》かなかった。

家に帰ることが、いつしか億劫《おっくう》になっていた。

自分がいない方が『狩谷家』が上手く回る、その事実を突きつけられるのが辛い。

モヤモヤと蟠る思いを吐き出せなくて苦しいし、吐き出したら吐き出したで家族関係にひびが入りそうで怖《こわ》い。

自分が疎《うと》まれるだけならともかく『きちんと育ててあげられなくてごめんなさい』などと母に嘆かれることには耐《た》えられない。

義父や義妹に『子育てに失敗した』と母を侮られるのも御免被《ごめんこうむ》る。

「ウチは上手くいってるんだ。波風は立てたくない」

吐き出した言葉は――苦かった。

喉を通るときに、言い知れない不快感が纏《まと》わりついてくる。

実際に言葉にしてしまうと、本音でないことを自覚させられてしまう。

勉を間近でじっと見ていた茉莉花の、引き締められていた可愛《かわい》らしい唇《くちびる》が開かれる。

「狩谷君に辛い役割を押《お》し付けてる時点で、上手くいってるとは言わない」

紡《つむ》ぎ出された言葉は、すーっと胸の中心に分け入ってきた。

いつもの抗いがたい魅力《みりよく》を放つ茉莉花の声とは異なる、凛《りん》とした響き。

頑なな勉をして素直に頷いてしまう力があった。その力の源に心当たりはなかったが、カリスマ性のひと言では済ませられない『何か』を感じた。

「困ってることとか悩んでることとか、誰だってあるよ。で、そーゆーことがあるんなら口に出して言う。言ってくれないとお義父さんもお母さんもわかんないじゃん」

本当に大切な想《おも》いは言葉にすべき。

もっとも、家族だからこそ話したくないこともあるだろうけれど。

「そのあたりの線引きは大丈夫だよね？　狩谷君って自分で思ってるより常識人だし」

「それは……」

「ひとりで思い悩んだ挙句に取り返しのつかないことになる方が、ご家族だって辛いよ」

勉が無理に我慢《がまん》を重ねてきたことが発覚してしまったら、義父や義妹は立場がない。

母親だって自分を責めるに違いない。『どうして気付いてやれなかったのか』と。

本人が口も心も閉ざしていたわけで、気付けというのが土台無理な話なのだが。

「口がついているのは、誰かと会話するためだよね」

言葉が過ぎて喧嘩することになっても、仲直りすればいい。それが家族だ。

家族は血のつながりで形成されるものではなく、心のつながりで形作られるもの。

茉莉花が語る家族像は理想にまみれていたが、それを一笑《いっしょう》に付すことはできなかった。

「……ああ」

「でしょ？　お義父さんやお母さんのことをいい人だって思ってるなら、なおさら相談した方がいいって」

家族なんだから。

迷惑《めいわく》かけたっていい。遠慮する必要なんかない。

だって……勉は子どもで相手は大人だ。付け加えるならば親子でもある。

「ひとりで納得《なっとく》したフリして距離を置くなんて……それが一番いいなんて寂しいことを言わないで。ちゃんと話せるんでしょ？　ちゃんと話を聞いてくれるんでしょ？」

まるでドラマみたいなセリフだとは思ったが、演技臭《くさ》さはなかった。

彼女の訴《うった》えに押しつけがましさの類は感じなかった。

──何故《なぜ》だ？　何故ここまで……揺《ゆ》さぶられるんだ？

切実な響《ひび》きに心が震《ふる》わされて、自然と目頭《めがしら》が熱くなる。

眼鏡を外して頭を抱《かか》え、ソファに腰を下ろしたまま蹲《うずくま》った。

目蓋《まぶた》を強く閉じた。気を抜《ぬ》くと眦《まなじり》から液体がこぼれ落ちそうになる。

「……そうだな、立華の言うとおりかもしれない」

ここまではっきりと誰かに心情を吐露《とろ》したことはなかった。

家族にすら言えないのに茉莉花には言えた。理由は不明だった。

茉莉花は──真剣に、真摯《しんし》に勉のためを思って語り掛《か》けてくれている。

機嫌を損《そこ》ねたら雨中に放り出されるかもしれない可能性を踏《ふ》まえたうえで、あえて厳しい言葉を口にしてくれる。

その優《やさ》しさと気高さが、覚悟《かくご》が心に染みた。

──ッ！

後頭部に温かいものが触《ふ》れた。茉莉花の手のひらだった。

すべらかな白い手が勉の頭をゆっくり撫でてくれている。

胸の奥にずっと燻《くすぶ》っていた昏《くら》い感情が洗い流されていく。

「ごめんね、立ち入ったこと言っちゃって。でも、黙《だま》っていられなかったってゆーか」

茉莉花の声は温かかった。

勉は黙って彼女を受け入れていた。

柔《やわ》らかくて、優しい手だった。同い年の女子に甘えて恥《は》ずかしいとは思わなかった。

顔を下に向けた姿勢だったから、表情を見られていないことは幸いだった。

それでも、肩が震えるところまでは止めることができなかった。

窓の外から雨音と風の音だけが聞こえてくる。

どこまでも静かで、どこまでも穏やかな時間が流れていく。

「狩谷君ひとりを犠牲《ぎせい》にした家族って絶対おかしいし……お義父さんもお母さんも、そんなこと望んでないと思う」

「そうだろうか？」

「おふたりとも、素敵《すてき》な方たちなんでしょ？」

「ああ」

「だったら話してほしいんじゃないかな。ひとりで抱え込んで悩んでるよりも、そっちの方が絶対いいって」

勉は何度も何度も大きく息を吸って吐いて、そっと涙《なみだ》を拭《ぬぐ》ってから頭を上げた。

テーブルに置かれていた眼鏡をかけ直した視界は少し潤《うる》んでいたが、傍からは先ほどまでとあまり変わらないように見える……はずだった。

「ありがとう、立華」

「ん」

「口に出せてよかった。言葉にできてよかった」

隣にずっと寄り添《そ》ってくれていた茉莉花と向かい合う。

相変わらず真剣な眼差しだった。

月のない夜の海を思わせる静謐《せいひつ》があった。

見つめていると、吸《す》い込まれそうな錯覚《さっかく》に囚《とら》われる。

それでも、整い過ぎた顔が至近距離にあっても心はざわめかない。

少なくとも、今この瞬間《しゅんかん》において性的な欲求に追い立てられることはなかった。

「ちょっと差し出がましかったかなって気がしてきた」

ぺろりと舌を出して笑う茉莉花。

「そうか？」

「そうだよ。狩谷君の心にずかずか入り込んで言いたい放題。私だって別に褒《ほ》められたも

のじゃないのに。上から目線、ウザくない？」

「別にウザくはない。立華は凄いと思うぞ」

「……あっさりしてるなぁ、そーゆーところが狩谷君って感じ」

肩を竦《すく》めた茉莉花の苦笑《くしょう》には様々な感情が入り交じっている様子が窺《うかが》えたが、そのすべてを解き明かすことはできそうになかった。

甘いだけではない。優しいだけではない。

突《つ》き放《はな》すような声色《こわいろ》があり、拗《す》ねるような眼差しがあった。

ただ——わずかに引きつった彼女の口元だけは、どうしても理解が及《およ》ばなかった。

「……立華？」

「何でもない」

勉の胸を、小さな拳《こぶし》がぽかりと叩《たた》いた。

痛みは感じなかったが、衝撃《しょうげき》は深く胸に響いた。

「と・に・か・く……ウザくないって思ってくれてるなら、ちゃんと話をすること」

「そうだな。今度帰ったら話してみるか」

「何なら今ここで電話すれば良くない？」

茉莉花の提案は何気ない口振りであり、もっともな言い分であった。

だからと言って素直に受け入れられるか否かは、また別の問題であった。

勉は軽く頭を振って両手を上げた。

「勘弁《かんべん》してくれ。まだ気持ちの整理がついていないし、こういうことは直に顔を合わせて話したい」

「そう？　勢い任せの方がいいと思うけど」

「むぐ……」

茉莉花の瞳はキラキラと輝いている。さながら晴天の夜空のごとく。

いつの間にかシニカルな雰囲気は消えていて、いたずらっ子じみた眼差しを向けてくる。

その光を受けて――余計に電話する気力が失《う》せた。

ゲンナリした勉を見やり、茉莉花はワザとらしく肩を竦めた。

眼前の少女が左右に頭を振ると、乾いた黒髪《くろかみ》が軽《かろ》やかに弧《こ》を描《えが》いて勉の鼻先を掠《かす》める。

「……まいっか。ちょっとでも狩谷君が前向きになってくれたのなら」

言うなり茉莉花は『ん～っ』と大きく背筋を伸《の》ばした。

柔らかな胸のふくらみが大きく揺れる。

下はともかく上は下着をつけていない。

さっき確認《かくにん》した。だから揺れる。盛大《せいだい》に。

見せつけるみたいに揺れて、勉の両眼は釘付《くぎづ》けになった。

結局のところ、どれだけ格好つけようとも理性は本能に抗えなかった。

色々と台無しな感じはするが、凝《こ》り固《かた》まっていた緊張《きんちょう》が解《ほぐ》されていくのは悪いことではない……ということにしておく。

「立華は、その、大きいな」

賛辞の声が自然と口から零《こぼ》れ落ちた。

とても同い年とは思えない。心も、身体も。

「そーゆーことは胸見て言わない方がいいと思うよ。でも……うん、凄く狩谷君っぽい」

茉莉花はクスリと笑った。

魅力的《みりょくてき》で蠱惑的《こわくてき》な笑みだった。

勉の全身から力が抜ける。眉間《みけん》も口元も緩《ゆる》んだ。

「困ったな……立華に勝てる気がしない」

何に勝つのかはわからないが、とにかく茉莉花には勝てない。

圧倒的《あっとうてき》なまでの敗北を感じても、不思議と胸中は晴れやかだった。

「ちなみに一応聞いておくが、『俺っぽい』というのは誉《ほ》め言葉なのか？」

「ご想像にお任せします」

下着に守護《まも》られていない豊かな胸のふくらみが、歩みに合わせて上下に揺れていた。

何だかんだで家に泊《と》めることになってしまった『立華《たちばな》　茉莉花《まつりか》』である。

眼福すぎる光景に心奪《うば》われてしまうとからかわれる未来しか見えないので、しきりに眼鏡の位置を直したり『冷静に、冷静に』と心の中で繰り返し唱える勉《つとむ》であった。

「ねぇ、いつもの狩谷《かりや》君ってこれくらいの時間は何してるの？」

「ん？」

問われて時計を見ると、夜の九時に近かった。

茉莉花を家に招いてから、ずいぶんと時間が経過している。

「そうだな。だいたい勉強している頃合《ころあ》いだ」

「うわ、真面目《まじめ》か」

「他に何かすることがあるか？」

「う〜ん、そーゆーところが狩谷君」

「どういう意味だ？」

「言わなきゃダメ？」

「……いや、別にいい」

コップに口をつけると冷たい麦茶が流《なが》れ込み、やたらと渇《かわ》いた喉《のど》に水分が染《し》み渡《わた》る。

——美味いな。

いつもと同じ作り置きの安物なのに。

軽い感動を覚える勉の前で、茉莉花はソファではなく床《ゆか》に腰《こし》を下ろした。

ペタンとお尻《しり》をついた姿が、やけに艶《なま》めかしい。

「さっき言ってたけど、ひとり暮らしって大変？」

「藪《やぶ》から棒《ぼう》にどうした？」

「私だって高校生だし、ひとり暮らしに興味があってもおかしくなくない？」

「……そういうものか」

「そーゆーものです。それで、どう？」

茉莉花の全身から興味が溢《あふ》れ出していた。

どんな答えを期待しているのかは判然としないが、嘘《うそ》をつく必要性は感じない。

「大変といえば大変だ。何から何まで自分でやらなきゃならんからな」

勉強やアルバイトに加えて家事をこなすのは容易ではない。

誰《だれ》かの助けを期待できない点も難易度を引き上げている。

病気やけがといったアクシデントもダメージが大きい。

「ふ〜ん。ね、私でもできると思う？」

「どうだろうな……」

腕《うで》を組んで考えてみる。

茉莉花は頭脳明晰《めいせき》・容姿《ようし》端麗《たんれい》・運動神経抜群《ばつぐん》の完璧《かんぺき》少女。

しかし……その長所は、いずれもひとり暮らしにはあまり役に立ちそうにない。

「立華は家ではどうしてるんだ？」

「ほとんどトメさん、えっとハウスキーパーさんにお任せ」

──ハウスキーパー？

耳慣れない単語に、勉は眉《まゆ》をひそめた。

一般的《いっぱんてき》な家庭でハウスキーパーを雇《やと》うなんて、あまり聞いたことがない。

裕福《ゆうふく》な暮らしをしていた（らしい）義父や義妹《ぎまい》からも耳にした記憶《きおく》はない。

となると……立華家は相当にランクの高い家庭ということになるのだろうか。

「……今度は俺《おれ》の方が突っ込《こ》んだことを聞くが、立華の家は裕福なのか？」

「……う～ん、お金持ちな方じゃないかな」

歯切れの悪い口振り、宙を彷徨《さまよ》う視線。いかにも取り繕《つくろ》った感のある笑顔《えがお》。

いずれも彼女らしくない仕草で、この話題を避《さ》けたがっていることは明白だった。

あらかじめ断りを入れたとは言え、本人が望まない領域に踏み込むことはためらわれる。

「……まぁ、俺が何とかできているんだから、立華にできないことはないと思う」

「狩谷君が基準になってるところが、そこはかとなく不安なんですが」

「だったら俺に聞くな」

「それもそうね……ふぁ」

ふふっと茉莉花は柔らかく微笑《ほほえ》み、ついで小さなあくびをひとつ零した。

まだ寝《ね》るには早い時間帯に思えたけれど、雨中の行軍からのシリアストークとなかなかにハードな一日だった。

付け加えれば、茉莉花は歴《れっき》とした年頃《としごろ》の少女。

同年代の男の部屋にいるだけで気疲《きづか》れしそうなものだ。

勉もまた倦怠感《けんたいかん》を覚えている。知らず知らずのうちに疲労《ひろう》が蓄積《ちくせき》していたらしい。

「早いけど、そろそろ寝るか」

「ん……もうちょっとお話していたいかも」

「話はいつでもできるじゃないか？」

スマートフォンを掲《かか》げて見せると茉莉花は『む〜』っと頬《ほお》を膨《ふく》らませたものの、取ってつけた不機嫌《ふきげん》は込み上げてくる眠気《ねむけ》に負けて早々にかき消えた。

「ふぁ」

「ほら見ろ。もう寝た方がいい」

「ん〜、りょ〜か〜い」

「それじゃ……あ」

茉莉花に寝るよう促《うなが》して、軽く腰を上げかけたところで変な声が出た。

今まで考えもしなかった問題に思い当たってしまったからだ。

声を聴《き》き咎《とが》めた茉莉花がコテリと首をかしげてくる。

「どうしたの、狩谷君？」

「……布団《ふとん》がない」

「え？」

「布団がない」

もう一度、同じ言葉を繰《く》り返した。

沈黙とともに向けられた茉莉花の視線が『何言ってるの、狩谷君？』と問いかけてくる。

――仕方ないだろ！

もともとこの部屋に誰かを呼ぶつもりなどなかった。

だから、来客用の布団を用意する謂《いわ》れもない。

ベッドは勉の部屋にひとつだけ。

他に寝られそうな場所と言えば……今まで座《すわ》っていたソファぐらいのもの。

「俺がソファで寝るから、立華はベッドを使ってくれ」

「どーしてそーなるの。お邪魔《じやま》してるのは私の方なんだから、狩谷君がベッドで寝なさい」

「女子をソファで寝かせられるか！」

リビングに漂《ただよ》っていた穏やかな雰囲気《ふんいき》は一変し、互《たが》いに火花を散らす勢いで睨《にら》み合った。

勉は己《おのれ》の意見を譲《ゆず》るつもりはない。客人、それも女子なのだ。粗雑《そざつ》には扱《あつか》えない。

対する茉莉花は剣呑《けんのん》な眼差《まなざ》しをそのままに、口元をいびつに歪《ゆが》めた。

「それなら一緒《いつしよ》に寝るってのはどうでしょう？」

「いいのか？　何をするかわからんぞ？」

「ごめん、妊娠《にんしん》しそうだからナシで」

「……やらないからな、多分」

「そこは言い切ってほしかった」

ジト目で睨み付けられると、理不尽な思いで胸がいっぱいになる。

魅力的な肢体《したい》を薄《うす》い布でラッピングした同い年の美少女と同じベッドで寝る。

これで何もせずに我慢していられると断言できるほど、自分に自信が持てなかった。

——俺は別におかしくない。この状況で大人しくしていられる男がいるかよ……

ボヤきを我慢する勉の前で、茉莉花はこれ見よがしなため息を吐いた。

「じゃあ、申し訳ないけどベッド借りるね」

「気にするな。鍵《かぎ》もかけてくれ」

「鍵って……ねぇ、ホントに大丈夫？　朝起きたら私の処女がなくなってるとか、そーゆー展開になったりしない？」

「そうならないために鍵をかけろと言っているんだ！」

「……わざと鍵を開けておいたらどーなるかな？」

「保証はできない」

「ハッキリ言う……鍵かけるね」

「ああ。そうしてくれ」

身体を抱《だ》きしめ後ずさる茉莉花が勉の部屋に消えて扉《とびら》が閉まり、鍵の音が続いた。

安心したような残念なような不可思議な感情が、吐息《といき》に交じって口から零れる。

「……俺も寝るか」

リビングの電気を消して、テーブルに眼鏡を置いた。

ソファに横になって目を閉じる。

「そうなんだよな……立華、処女なんだよな」

呟《つぶや》きは小声であるにもかかわらず、やけに大きく響いた。

あらかじめカラオケボックスで聞かされていたのに、改めて驚《おどろ》いている自分がいた。

——疑うつもりはなかったんだが……

反射的に自室のドアを見てしまった。茉莉花に聞かれていたら色々とヤバい。

しばらく様子を窺ったが何の反応もなかったので、力を抜いて再びソファに身を預ける。

これまでに何人も彼氏《かれし》を取っ換《か》え引っ換えしてきた彼女《かのじょ》の交際遍歴《へんれき》を思えば意外な気はするが……本人曰《いわ》く未経験とのこと。『理由は不明だけど、付き合うほどに寂《さび》しさを覚えてダメになる。長く続かなかったし深くもならなかった。先に進んだことは一度もない』

と寂しげな笑《え》みを浮《う》かべた顔が今も脳裏《のうり》に焼き付いている。

——なんでダメになるんだろうな？

あれから折に触れて原因を考えてはいるのだが、いつまでたっても答えは見つからない。

「……さっさと寝よう」

嵐《あらし》の音が響く闇《やみ》の中、目蓋を閉じると茉莉花の裸体《らたい》が浮かび上がる。
柔らかそうな肉体。すべらかな肌《はだ》。かぐわしい香りと体温。いずれも再生は容易だ。
肢体をくねらせる茉莉花の幻影《げんえい》と蕩《とろ》けるような甘やかな声の記憶が、理性を蝕《むしば》む。
身体が自然と火照《ほて》り、心が昂《たかぶ》る。高い湿度《しつど》と相まって寝苦《ねぐる》しいことこの上ない。
――立華は……寝られているのか？
ベッドに横たわっているであろう少女を思うと、怪《あや》しい気持ちが止められない。
耳を澄《す》ませても部屋から物音は聞こえてこない。
きっと眠《ねむ》っているに違いないが、鍵がかかっているから確かめる術はない。
頭を振って不埒《ふらち》な妄想《もうそう》を追い払《はら》った。何度も何度も寝返《ねがえ》りを打った。
「くそっ」
悶々《もんもん》とした思いに苛まれつつも時は過ぎ、いつしか意識は闇に溶《と》けてくれた。

◇

遠くで水の流れる音がした。
重さを感じさせない音だった。

――まだ雨が降っているのか?

そんな疑問が湧いたが、すぐに『違うな』と否定した。

昨晩の嵐のそれとは質が異なる。あれはもっと暴力的な音だった。

聞き覚えがあるような気はするけれど、どうにも意識が曖昧《あいまい》で頭が回らない。

「……やくん」

心地《ここち》よい声が耳をくすぐる。

頬が抓《つね》られている。痛くはない。

腕を伸ばすと――柔らかな感触《かんしょく》があった。

正体は杳《よう》として知れないが、とても気持ちいい手触《てざわ》り。

ずっと揉《も》み続けたくなる不思議な温かさに、手のひらが包まれている。

「きゃっ……もう！　ワザとやってない⁉」

「んぅ、むぅ……」

「こら！　狩谷君、起きなさい！」

「……ぅうむ」

透《す》き通る声のトーンが一段高まって、滲み出る感情に激しさが増した。

重い目蓋を薄く開けると、ぼやけた視界に頬を真っ赤に染めた可愛らしい少女がいた。

……というか茉莉花だった。ちょっと涙目《なみだめ》。眉が吊《つ》り上がっている。あと距離《きょり》が近い。

――立華？

ひとり暮らしの自室に同い年のクラスメート、それも飛び切りの美少女がいる状況に頭が追いつかない。

手探《てさぐ》りで眼鏡をかけると、身体の前で両手をクロスさせた茉莉花と視線がかち合った。

彼女の姿を視界から外さずに上体を起こし、人生最速の勢いで記憶の糸を手繰《たぐ》った。

大雨な帰り道、止まった電車。自室に茉莉花を招き、シャワーを浴びて……寝た。

「夢じゃなかったんだなぁ」

「狩谷君？」

「制服、乾《かわ》いたのか」

茉莉花は制服を身につけていた。

昨日あれほどずぶ濡《ぬ》れになっていたのに。

魅力的なその姿に、言いようのない喪失感《そうしつかん》を覚えた。

「ねぇ狩谷君、私に何か言うことがあるんじゃないの？」

「ん？」

「まだ頭ボケてる？　大丈夫？」

刺々《とげとげ》しい声と剣呑な眼差し。かつてないほどの殺気。

茉莉花の顔を見て、自分の身体を見下ろして、部屋の中を見回した。

どうして彼女が怒《おこ》っているのか、すべての答えは記憶の中にあるはずで……つまり――

「ああ……おはよう、立華」

「……はぁ、もういいわ」

大袈裟《おおげさ》なため息。

答えはお気《き》に召《め》さなかったと見える。

首を捻《ひね》ると、カーテンの隙間《すきま》から陽光が差し込んでいた。

「雨、止《や》んだのか」

「そうね。いい天気よ」

「そうか」

この週末はずっと雨模様と予報で聞いたのに。

スマートフォンで電車の状況を調べると、無事に運転が再開されていた。

「電車も動いているみたいだな」

「ええ。そうみたいね」

「だったら……」

そろそろ帰るのか？

言いかけた勉の視線を遮《さえぎ》るように、茉莉花はテーブルを指さした。

焼きたてのパンにサラダ、目玉焼き。ヨーグルト。

「お世話になったお礼に、朝ご飯作ったんだけど」

「別にそこまでしてくれなくても」

「だって狩谷君、気持ちよさそうに寝てたし。勝手に材料使っちゃってごめんね」

「構わん。どうせ起きたら飯の準備をするつもりだったからな」

「そう？　ならよかった」

朝食はふたり分用意されていた。

ひとりでない朝のテーブルは、とても珍《めずら》しい光景だった。

「立華も食べるのか？」

「もちろん。朝しっかり食べないと力が出ないよ」

「そうなのか？」

「そーなの」

「ふむ……」

勉の記憶にある女性——母や義妹とは異なる反応だった。

母は生活サイクルが不規則だったし、義妹はしばしば朝食を抜いていた。

教室でもダイエットが云々《うんぬん》といった話を耳にするし、女子は朝食を口にしないイメージがあった。

――まぁ、太ってないしな。

茉莉花の腹回りをじっと見つめると、おでこに衝撃。

「どこ見てるの」

「腹」

「ハッキリ言うな！」

もう一発デコピンを貰《もら》う。ご褒美《ほうび》だった。

テーブルに向かう茉莉花の足取りは軽かった。

口振りの割に怒ってはいないらしく、ホッとした。

「んッ……」

ソファから立ち上がって身体を伸ばすと、全身のそこかしこからバキバキと音がする。

「立華、身体は大丈夫か？」

「うん。ベッドのおかげで私は何ともないよ。ほら、早く食べよ」

「ああ。頂こう」

ふたりで向かい合ってテーブルについて、両手を合わせて『いただきます』と唱和する。

献立《こんだて》は目新しいものではないし、味わいが変わるものでもない。

それでも、勉にとっては新鮮《しんせん》な感覚だった。

「狩谷君、ソース取って」

「ほれ」

「ありがと」

茉莉花は受け取ったソースを鼻歌交じりで目玉焼きに垂らし始めた。

――かけ過ぎじゃないか？

あれではソースの味しかしないのではなかろうか。

彼女が作ったものだから、自分が口を挟《はさ》むのは筋違《すじちが》いな気がするので黙っていた。

目玉焼きの食べ方は難しい。実家にいた頃《ころ》は義妹と言い争いになったこともある。

――あの時は酷《ひど》い目にあったな。

喧嘩《けんか》の果てに、個人の主義主張は尊重すべしと学んだ。

余計な論争はせっかくの朝食に申し訳ない。

「立華はソース派か」

「うん。狩谷君は？」

「何もつけずに頂く」

「洗うのがメンドクサイんだね？」

「まだ何も言ってないが」

「顔に書いてあるし」

「む」

顔に手を当てると、正面の茉莉花がクスクスと笑みをこぼす。

何か言い返してやろうかと思いつつも、何も思いつかなかった。

ずり落ちた眼鏡を定位置に戻《もど》し、焼きたてのパンをちぎって口に放《ほう》り込むと香《こう》ばしい味が口中に広がった。いつもの食パンなのに、いつもより美味《うま》い。

「……パンにも何もつけないんだ」

「ああ」

「ちなみにサラダも」

「そうだな」

「ドレッシングがなかった理由って、それかぁ……」

サラダに伸びていた茉莉花のフォークが止まる。

「マヨネーズかけるか？」

「ううん、このままでいい」

茉莉花はフォークを伸ばして野菜を口に運んだ。

瑞々《みずみず》しい野菜が瑞々しい唇に飲《の》み込まれていく。

デリカシーに欠けると自覚していても、桃色《ももいろ》の唇の動きから目が離《はな》せない。

ごくんと白い喉が前後する。その微細《びさい》な動きまではっきりと見える。

「バッタになった気分」

「せめてウサギとでも言っておいたらどうだ？」

呆《あき》れつつも脳内の買い物メモにドレッシングと書き込んだ。

自分のことだけ考えるなら必要ないが、今後誰かを泊める機会があるかもしれない。あって困るものではないから損にはならない。誰にも聞かれない理屈《りくつ》を適当に組み立てた。

——それにしても……

不思議でならなかった。

茉莉花と食卓《しょくたく》を囲むのは二回目。しかも一回目は昨晩。

慣れないシチュエーションであるにもかかわらず、まるで違和感《いわかん》がない。

「どうかした？」

茉莉花の瞳《ひとみ》が揺れている。

不安と期待が入り混じった繊細《せんさい》な色合い。

眼差しを裏切らない答えを求めて視線を宙に泳がせる。

そして――

「起きてすぐに食事が用意されているというのは良いものだな」

「……そうだね。ひとりだとなかなか……ね」

「ひとり？」

「トメさんは朝イチで来てくれる契約《けいやく》じゃないし」

「そうか」

「うん。誰かと一緒に食べるご飯は、美味《おい》しいね」

「ああ、そうだな」

心の底から同意できる。

ひとりで作ってひとりで食べて、ひとりで後片付けをする。

そうやって飯を食っていると、食事がだんだんエネルギー補給のための作業じみてくる。

でも……こうして茉莉花とテーブルを囲んでいると、ただそれだけで気分が上がる。

この食事は断じて作業ではない。胃袋《いぶくろ》だけでなく心が満たされていく。

常ならぬ満足感に頬を緩める勉とは対照的に、茉莉花の眼差しは――どこか遠くを見ているようだった。

◇

向かい合って座るふたりの前に置かれたコーヒーカップからは湯気が立ち上っている。
チラリと窓に目を向ければ、カーテンの隙間からは陽光が差し込んでいた。
「……」
天候の問題が解決されたのだから、茉莉花に帰るよう促すべきだと理解していた。
年頃の男女がひとつ屋根の下でふたりきりな状況《じょうきょう》は、何かと都合が悪いのだ。
誰かにバレたら、勉はともかく彼女にとって不名誉《ふめいよ》な噂《うわさ》が流れかねない。
そこまでわかっていても、言葉が出ない。
沈黙《ちんもく》しているのは勉だけではなかった。茉莉花もだ。
眼前の少女だって、さっさと家に帰るべきだと理解しているはずなのに。
——何も言ってこないな。
勉を見て、時計を見て、窓の外を見て、テーブルのコーヒーを見て。
茉莉花の様子を窺っていると、ずっとその繰り返しだった。

穏《おだ》やかなようで落ち着かない時間だけが過ぎていく。

「立華、その……」

埒《らち》が明かないので、思い切って口火を切った……ところまではよかったのだが、いざ口を開いてみても言葉が続かない。

「ん……それ以上は言わなくてもいい、から」

逡巡《しゆんじゆん》する勉の前で、茉莉花はコーヒーカップに口をつけて中身を飲み干していった。

前後する白い喉に勉の目が釘付けになる。豪快《ごうかい》な仕草なのに、得も言われぬ色気がある。

カップから離れた唇《くちびる》の端《はし》から零れた雫《しずく》を舐《な》める舌にも、目が引き寄せられる。

ひとつひとつの所作が蠱惑的に過ぎて、なおさらに勉の口を重くする。

対する茉莉花は——音もなく席を立った。黒髪がふわりと靡《なび》く。

「……帰るのか？」

「うん。それとも……ずっとここにいていい？」

——また、そういうことを……

頷《うなず》きかけて、首を横に振《ふ》る。

この夢のような時間は、もう終わり。

どんな夢だって始まりがあれば終わりがある。ただ、それだけのこと。

「そうだね。それじゃ、お世話になりました」

「ああ、また来週」

「うん」

勉も立ち上がって玄関《げんかん》まで見送った。

茉莉花は一度だけ振り返って、飛び切りの笑みを向けてくる。

「……ッ」

――心臓が止まるかと思った。

透明《とうめい》で、朧気《おぼろげ》で……まるで夢か幻《まぼろし》かと不安すら覚える茉莉花の笑顔。

今にも消えてしまいそうな風情《ふぜい》に反して、強烈《きょうれつ》な意志の片鱗《へんりん》が垣間見《かいまみ》えた。

特に――瞳だ。瞳の輝《かがや》きが尋常《じんじょう》ではない。

いつもの瞳ではなかった。キラキラ眩《まぶ》しい瞳では。

見覚えのある色合いだと思った。勘違《かんちが》いだとも、錯覚だとも思った。

どこで見たのかまでは思い出せなかったが、その表情は勉の脳裏に強く焼き付いた。

「立華？」

「え？　あ、ううん、何でもないよ」

「そうか、何もないなら別にいいんだが……」

「ないない、何にもないって。ほら、いつもの私とどこも変わってないでしょ？」

「立華はいつも色々変わっている――」

「うるさい、黙《だま》れ。空気読んで」

茉莉花の指が勉の額に伸びて、ひと突き。

痛みはないが、妙《みょう》な照れくささに思考をかき乱される。

狼狽《ろうばい》する勉をニヤニヤ顔で眺《なが》め、茉莉花は改めて別れを告げた。

「じゃあね、狩谷君。昨日も言ったけど、ちゃんとご家族とお話するように」

「そこまで念を押《お》されなくとも大丈夫だ」

「ホントかなぁ？」

「……いい加減しつこいぞ、立華」

「しつこいくらいで丁度いいかなって。それじゃ」

茉莉花はウインクひとつ残して狩谷家を後にした。

音を立ててドアが閉まり、後には静寂《せいじゃく》だけが残された。

改めて室内を見回すと、寒々しい感覚が込み上げてくる。

「この家、こんなに広かったか？」

ずっとひとりだったから、今の今まで違和感を覚えることはなかった。

でも――茉莉花と一夜を共にして、彼女の体温や息遣《いきづか》いを感じて、改めて思い知った。

――寂しいもんだ。


自室に戻ってベッドに腰を下ろし、身体を横たえた。

ソファで眠りについたといっても、あまり睡眠《すいみん》の質が良くなかった。

茉莉花に気を遣《つか》わせないためにあくびを噛《か》み殺していたが、虚勢《きょせい》を張るのも限界だった。

アルバイトは夕方から。時計を見ると、まだ時間は十分にある。

ひと眠りしようと目を閉じて、ふと気づく。

「昨日は、ここに立華が横になっていたのか」

鼻先を記憶にある甘《あま》い香りが掠めた気がした。

ほとんどゼロ距離まで接近した際に味わった茉莉花の匂《にお》い。

触《ふ》れずとも感じた体温。大胆《だいたん》にはだけられたワイシャツから覗《のぞ》いた白い肌。

あの瞬間《しゅんかん》に垣間見たすべてがここにあったと思い知らされて、俄《にわ》かに興奮を覚えた。

穏やかな眠りにつくまでに、しばらくの時間が必要だった。

◇

土曜日は二度寝《にどね》から目覚めてアルバイトに行った。
何事もなく普通《ふつう》の生活サイクルに戻って、日曜日の晩を迎《むか》えた。
今もレンズ越《ご》しの視線の先で時計が淡々《たんたん》と時を刻んでいる。もうすぐ日付が変わる。
「……何なんだろうな、これは」
自室のベッドに腰を下ろして独《ひと》り言ちた。
茉莉花が帰って以来、何をするにも身が入らない。
集中力を欠いてアルバイトでも何度も失敗しかかった。
勉強の方にもまったくといっていいほど手がついていない。
目を閉じるたびに、目蓋《まぶた》の裏に焼き付いた笑顔が思い出される。
街を歩けば、無意識のうちにロングストレートの黒髪《くろかみ》を追い求めている。
「ずっと立華のことばかり考えているな」
ありのままの想《おも》いを口に出してみると――千々に乱れていた心がきれいに定まった。
身に覚えのない心の動きに名前を与《あた》えることは、それほど難しくもなかった。
自分とはあまりにも縁《えん》のない感情だったから戸惑《とまど》いを覚えていただけだ。

『断る』『期待に応えられるかどうか、どうしても自信が持てない』

カラオケボックスで茉莉花に伝えた言葉が耳の奥《おく》に甦《よみがえ》り、頭を抱《かか》えて蹲《うずくま》った。

「なんであんなことを言ってしまったんだ……」

素直《すなお》に首を縦に振っていれば、こうして苦しむこともなかったのに。

そして今——たった二文字の単語を口にする勇気を持てずに、ひとりで身もだえている。

「アイツ……こうなることまで予想できていたのか？」

『そうだろうな』と根拠《こんきょ》なく確信した。『してやられた』と思ったが腹は立たなかった。

恋愛巧者《れんあいこうしゃ》な彼女にとって、恋愛素人《れんあいしろうと》な勉を手のひらの上で転がすのは楽勝だったはず。

不足する自信を上回る好意を自覚する猶予《ゆうよ》を与えられただけマシだったと考え直した。

「立華……」

彼女の名を唇に乗せた瞬間、枕元《まくらもと》のスマートフォンが震《ふる》えた。

電流に触れたかのごとく身体が跳《は》ね、慌《あわ》てて手を伸《の》ばす。

「何だ天草《あまくさ》か」

表示された名前を見て落胆《らくたん》してしまった。

いったい何を期待していたのか。バカバカしくて笑えて来た。

通話する気分になれずボーッと見つめていたが、一向に振動《しんどう》は止まらない。

根負けしたようで癪《しゃく》にさわったが、やむなくディスプレイをタップして耳にあてた。

「もしもし」

『やっと出たか勉さんや』

「こんな時間に何の用事だ、天草」

『ありゃ、機嫌《きげん》悪いな。もしかして寝てたか？』

「起きてたが」

『よかった。いや、良くない』

「どっちなんだ？」

否定肯定《こうてい》が入り交じった史郎《しろう》の言い回しにツッコんでみたが、反応なし。

代わりに返ってきたのは、何の脈絡《みゃくらく》もない唐突《とうとつ》な質問だった。

『勉さん、うちのクラスのグループチャット見た？』

「見てない。何か連絡事項《れんらくじこう》でもあるのか？」

クラスメートの連絡先《れんらくさき》は全員ＳＮＳに登録されており、ＳＮＳには登録者同士でチャットする機能がある。『緊急《きんきゅう》の連絡《れんらく》が入ることもあるから定期的に目を通しておきなさい』とは言われていたが……入学して以来、役に立ったことは一度もなかった。

現在、グループチャットは生徒たちの交流の場と化している。

『ヤベーんだよ、マジでヤベーんだよ』
ヤバいヤバいと連呼されても、何がヤバいのかサッパリ理解できない。
常日頃《つねひごろ》は飄々《ひょうひょう》としている史郎が取り乱すのだから、余程《よほど》のことがあったと想像はつくが
……いつまでたっても内容に触れないので、だんだん苛立《いらだ》ちが込み上げてきた。
「ヤバいのは十分に伝わってきた。それで、何があったんだ？」
『お、おう。ちっと待て。まずはこれを見てくれ』
『何を？』と問う前に史郎からメッセージが送られてきた。画像が添付《てんぷ》されている。
「こ、これは……」
絶句した。
目に飛び込んできたのは、柔《やわ》らかい曲線を描《えが》く白い素肌《すはだ》と真紅《しんく》のビキニだった。
身に着けているのは大胆な水着だけで、魅惑的《みわくてき》な肢体が白日の下に晒《さら》されている。
腰《こし》まで届く艶《あで》やかなストレートの黒髪を始め、何もかもが勉の記憶を刺激《しげき》してくる。
「これは……立華か？」
顔は隠《かく》されていたが、一目瞭然《いちもくりょうぜん》だった。
どう見ても茉莉花だ。見間違《みまちが》えるわけがない。
ずっと見てきた彼女の裏垢《うらあか》『ＲＩＫＡ』には似たような写真が投稿《とうこう》されており、勉はそ

のすべてを蒐集《しゅうしゅう》してきた男である。何の自慢《じまん》にもならないが。

『お、わかるのか、勉さんや』

「……まぁな。ところで、これはどうしたんだ？」

『それがさ、さっきクラスのチャットにこの画像が投下されて』

「誰《だれ》がやったんだ？」

食い気味に返した声に怒《いか》りが溢《あふ》れた。

女子の半裸《はんら》写真をチャットに流すなんて、もはやいじめとしか――

『立華さんだ』

「だから誰が」

『だ・か・ら、立華さんがやらかしたんだよ』

「は？」

理解が追い付かず、間抜《まぬ》けな声で問い返してしまった。

『立華さんがこの画像を添付して――まぁ、オリジナルはすぐ削除《さくじょ》されたんだけどよ……』

「だけど？」

『その……画像を見た奴《やつ》らがツイッターで彼女の裏垢みたいなのを見つけてさ。そこからコピーされたエロ画像がグルチャに貼《は》られまくって、もう手が付けられねぇ』

チャットはファンとアンチが入り乱れて加速を続け、制止の声に耳を貸す者はいない。

発見されてしまった茉莉花の裏垢こと『RIKA』のアカウントも大炎上《えんじょう》の真っ最中。

面白《おもしろ》がったクラスメートの誰かが茉莉花の顔写真や個人情報を暴露《ばくろ》したせいで、メチャクチャな状態になっていると史郎は付け加えた。

『表のアカウントもヤベーのよ。裏垢に誘導《ゆうどう》するコメントが絨毯爆撃《じゅうたんばくげき》だぜ』

スマートフォンを持つ手が震えた。

動揺《どうよう》や怒りを超越《ちょうえつ》した激情に名前は付けられない。

『それでさ、お前さんら最近仲良さそうだったし、大丈夫かな〜って』

最初に画像を投下したのは茉莉花自身。

裏垢に投稿する際に操作を誤ったのか？　それとも……

——これは致命的《ちめいてき》だぞ。

画像はすでに消されているにしても、クラスメートに裏垢の存在が発覚してしまった。

インターネット上に茉莉花の顔や個人情報まで晒されてしまった。

いずれも断じて悪ふざけで片づけられる問題ではない。

彼女への反感が爆発《ばくはつ》する兆候は目にしていたが、ここまで酷い展開は想像できなかった。

——バカなのか？　シャレで済むことと済まないことの区別もできないのか⁉

一度ネットに流出した情報を完全に消去するのは不可能だ。
冗談抜《じょうだんぬ》きで、このミスは取り返しがつかない。
『勉さん？　お～い、聞こえてるか？』
史郎の声はすでに遠く、勉の耳には届かなかった。
――立華、どうするつもりだ？
ベッドを見下ろした。彼女が横たわっていたベッドを。
視線を窓に向けると、数えきれない星が瞬《またた》く綺麗《きれい》な夜空が見えた。
報じられていた荒天《こうてん》は訪《おとず》れないが、インターネットには大嵐《おおあらし》が吹《ふ》き荒《あ》れている。
「くそっ」
心臓の鼓動《こどう》が不規則に響《ひび》いた。
頭の中では轟々《ごうごう》と血流が唸《うな》っている。
「立華……」
先ほどまで熱く高鳴っていた胸の奥には、今や表現不可能な感情が渦巻《うずま》いていたけれど
――茉莉花が別《わか》れ際に見せた笑顔《えがお》が、ふいに脳裏をよぎった。
どこまでも儚《はかな》くて……そして、昏《くら》い笑顔だった。
彼女の眼差《まなざ》しは、かつての自分に似ていた。

第5章　ガリ勉くん、走る

@URAAKASAN

朝早くから、誰もいない教室で唸っていた。

深々と椅子《いす》に腰を下ろして、腕《うで》を組んで、ギュッと目蓋を閉じて。

普段《ふだん》はギリギリまで登校してこないことを鑑《かんが》みれば、これは異例の事態である。

しばらくするとポツポツとクラスメートも姿を見せ始めたが、ただならぬ雰囲気《ふんいき》を漂《ただよ》わせる勉《つとむ》に声をかける者はいない。

――チッ。

教室のそこかしこでひそひそと囁《ささや》かれる声が耳を掠《かす》め、勉の神経を逆なでする。

しばしば茉莉花《まつりか》の名が聞こえてくることから、彼《かれ》らの話のネタは予想がついた。

史郎《しろう》から送信されてきたメッセージの件で間違《まちが》いあるまい。それ以外には考えられない。

学校のアイドル『立華《たちばな》 茉莉花』がクラスの共用グループチャットに投下したエロ写真。

勉が見せられたのは、スペシャルなボディに真紅のビキニを纏《まと》った扇情的《せんじょうてき》な画像だった。

いつもは制服に守護《まも》られている部分まで、ギリギリ全年齢《ねんれい》対象なレベルで晒されていた。

たとえ顔が写っていなくとも、誰の写真なのかは明らかだった。

どう見ても茉莉花だった。

――いったい何がどうなっているんだ⁉

教室を渦巻く茉莉花の評判は、お世辞にも好意的なものとは言えない。

もちろん『立華さん、どうしてあんなことを……』のような懐疑《かいぎ》を交えつつも彼女《かのじょ》の胸中を思いやる語り口の者もいるが、大半の連中は『いくら目立ちたいからって、あれはやりすぎ』だとか『ちょっと見た目がいいからって、頭おかしいんじゃない』とか『うわ～お盛《さか》ん』とか『ま、ああいうことやってると思ってたわ』といったところ。

見知った誰かを貶《おとし》めて、いったい何が楽しいのだろうか？

そこまで茉莉花はヘイトを集めていたのだろうか？

あまりの手のひら返しっぷりに恐怖《きょうふ》すら覚える。

「おはよう、勉さん」

目を開けて見上げると、そこには軽妙《けいみょう》なイケメンこと『天草《あまくさ》　史郎』の顔があった。

勉の数少ない友人のひとりであり、共同事業『ガリ勉ノート』の胴元《どうもと》でもある。

昨日の夜に茉莉花の画像の件で連絡してきてくれたのも、この男だった。

「ああ、おはよう」

「朝から難しい顔して……みんな、ビビってんぞ」

前の席に腰を下ろした史郎は、『気持ちはわかるけどよ』と同情的な視線を向けてきた。

この男は勉と茉莉花の接近を察していたから、順当な反応と言って差し支《つか》えない。

「しっかし、立華さんさぁ……何であんなことしたんかねぇ？」

「何で、とは？」

「エロい裏垢ってさ、彼女らしくないだろ？」

「……まぁな」

中途半端《ちゅうとはんぱ》な返事になってしまい、首をかしげる史郎に『何でもない』と付け足した。

教室で燦然《さんぜん》と輝く姿からは想像しがたいが、勉がよく知る茉莉花はエロ系の人間だ。

しかし、彼女の正体を知っているのは、この教室の中では自分だけだった。

『いや、立華らしいだろ』などと首を横に振ったところで誰の賛同も得られない。

まっさらの状態で『茉莉花が裏垢でエロ画像を投稿している』と聞かされたら、勉だって信じないと断言できる。

裏垢について調べると『承認欲求《しょうにんよっきゅう》』や『孤独《こどく》』と言ったワードにぶつかることが多い。

普段の茉莉花を見ている限り、どちらの単語とも縁遠《えんどお》く感じられる。

その点では史郎の言い分を認めざるを得なかった。

――孤独か……

金曜日の放課後を思い出す。

雨に振られて電車が運休になったとき、彼女は『頼《たよ》れる友人はいない』と口にしていた。

対人関係においては勉も似たり寄ったりなので軽く流してしまったが……改めて思いを巡《めぐ》らせてみると、あのときもう少し突《つ》っ込《こ》んで話を聞いておくべきだったのかもしれないと悔恨《かいこん》が募《つの》った。

ここ最近関わる中で見えてきた『立華　茉莉花』は明朗快活な学校のカリスマであり、サービス精神旺盛《おうせい》なエロ裏垢主であり、年齢に比して大きな包容力を備えた少女だった。

一方で、彼女は恋愛《れんあい》方面において『仲が深まるほどに孤独を覚える』という大きな悩《なや》みを抱えており、それを知っているのはカラオケボックスで話を聞かされた自分だけ。

――俺《おれ》は、俺だけは知っていたのに……立華に何もしてやれなかった。

その結果が、この有り様。

突き付けられた現実が、勉の胸を深く深く抉《えぐ》った。

「あれだけみんなにチヤホヤされてても、満足できんかったんかね」

「……かもしれん」

「そんで裏垢か。フォロワー五ケタって凄《すご》いわな」

「……ああ、そうだな」

この学校の生徒は総勢で千人に届かない。教師を含《ふく》めても届かない。

そして茉莉花は、そのすべての人間に支持されているわけではない。

数字が示す事実は、彼女が校内の人気――学校のカリスマ『立華　茉莉花』とは比べ物にならないほどの人気をエロ裏垢で集めていたこと。

――リプに英文が混じっていたな。

『RIKA』のファンは国境を超えている。一介《いっかい》の高校生としては破格と言うほかない。

「履歴《りれき》遡《さかのぼ》ったら結構前からやってたみたいだし……誤爆《ごばく》なんてなぁ、気が緩《ゆる》んだのかね」

誤爆。コメントや画像を本来とは異なる場所に投下してしまうこと。

茉莉花がこれまでグループチャットにエロ画像を添付したことはない。

彼女は慎重《しんちょう》に学校のアイドルに相応《ふさわ》しい振る舞《ま》いを維持《いじ》し続けてきた。それなのに……

――ここに来て誤爆からの裏垢発覚、大炎上か……

「なぁ、勉さんや」

「なんだ？」

「お前さん、知ってたのか？」

覗き込んでくる史郎の眼差しは真剣《しんけん》そのものだった。

いつも漂わせている軽薄《けいはく》な雰囲気は完全になりを潜《ひそ》めている。

勉と史郎は高校入学以来の付き合いに過ぎず、何でもかんでも語り合うほど深い間柄《あいだがら》ではない。

だからと言って迂闊《うかつ》にはぐらかすのは得策ではない。

心情的には、貴重な友人である史郎に対して真摯《しんし》でありたかった。

現実的には、コミュニケーション能力の高い史郎に誤魔化《ごまか》しが通じるとは思えなかった。

それでも、茉莉花のプライベートに関する情報を口にするところまで割り切ることもできなかった。

「……」

様々な要素を勘案《かんあん》した結果、視線を逸《そ》らして口を閉ざした。

返答に窮《きゅう》している時点でバレバレだった。

「別に責めてるんじゃねぇよ。承知の上で付き合ってたっていうなら、お前さんにはお前さんなりの思惑《おもわく》があったってことだろ」

「俺と立華は……交際してはいない」

「今、そこは問題じゃねーから」

「……うむ」

「立華さんにだって何か悩みがあるのかもしれんし、事情があるのかもしれん」

「そうだな」

「だったら、お前さんがしっかりしなきゃならんなって話よ」

「俺が？」

問いかけると、史郎はシリアスモードで首を大きく縦に振った。

「おう。女の子が困ってたら助けるのが男ってもんだ。この前だってそうだったんだろ？」

この前。

勉と付き合っている云々で茉莉花を吊《つ》るし上げた連中を、恫喝《どうかつ》を交えて黙らせた件だ。

史郎には事情を話していなかったが、しっかり見透《みす》かされていた。

「それは……」

「違《ちが》うとは言わせねーから。あの後、オレがどれだけ苦労したか……」

続く繰《く》り言《ごと》は適当に聞き流したが、なるほど史郎の言うとおりだと腑《ふ》に落ちた。

茉莉花が困っているなら助ける。やるべきことはシンプルだ。

「今回はあの時の比じゃねーぞ」

「ああ」

照れも衒《てら》いもなく頷いた。

——まだ終わりじゃない。

親身になって考えてやれなかったことを謝《あやま》って、彼女のやらかしへの対応を考えて。

やるべきことはたくさんあって、つまり凹《へこ》んでいる場合ではなかった。

それに気づかせてくれたのは——

「天草」

「ん？」

「……いや、何でもない」

「ほーん？　ま、いいけど」

茉莉花相手ならともかく、史郎に感謝の言葉を口にするのは照れ臭《くさ》い。

ずり落ちた眼鏡の位置を直し、ぐるりと教室の中を見回した。

始業に向けてどんどん教室に生徒が集まってくる。

誰もが口々に茉莉花の件を語り合っていた。

「立華さん、来るのかねぇ」

「どうだろうな」

「その辺、何も聞いてねーの？」

勉は首を横に振った。

昨晩、あれから茉莉花に連絡を取ろうとはした。
彼女のIDは手に入れているから、メッセージを送ることはできた。
返信はなかった。
既読《きどく》はついたのに。
勉のスマホは、ずっと沈黙したまま。着信を知らせる振動は一度もなかった。
だから、見ても無駄《むだ》だとわかっていた。状況は何も変わっていない。
それでも……と未練がましく端末《たんまつ》を取り出した瞬間だった。
その声が響き渡《わた》ったのは。

「みんな、おはよう」

聞き覚えのある声だった。
透《す》き通った美声。耳によく馴染《なじ》む優《やさ》しい声。
声は一瞬《いっしゅん》で室内を支配した。
誰もが教室の入り口に視線を集中させる。
声の主は、整い過ぎた顔に満面の笑《え》みを浮《う》かべていた。

腰まで届く艶やかな黒髪。制服越しでも一目瞭然なパーフェクトボディ。

校則違反《いはん》間違《まちが》いなしの短いスカートから、今日も肉付きのいい白い脚《あし》が伸びている。

『立華　茉莉花』だった。

「……」

「……」

いつもなら即座《そくざ》に馴《な》れ馴れしくも快活な挨拶《あいさつ》を返すクラスメートたちは、互《たが》いに顔を見合わせて戸惑い気味に頷くのみ。

茉莉花は可愛《かわい》らしく小首をかしげただけで、それ以上の変化を見せることはなかった。

そのままスタスタと歩みを進め、勉に近づいてくる。

「おはよう、狩谷《かりや》君」

「……おはよう立華」

挨拶を返すのに、一瞬の間が空いた。

茉莉花は気にした風でもなく、鼻歌交じりで自分の席に向かった。

言いたいことはたくさんあったのに、何も言えなかった。

――なんだ？

遠ざかる背中にじっと視線を向け――勉は眉《まゆ》をひそめた。

推《お》し裏垢である『ＲＩＫＡ』の正体が彼女であることが発覚して以来、ずっと近しく関わってきたが……あんな茉莉花は見たことがなかった。

「立華さん、えらい機嫌がいいな」

「ああ……そう見えるな」

史郎の言葉に重々しく頷いた。

そう、勉の目からも茉莉花は上機嫌《じょうきげん》に見えた。

茉莉花は基本的に教室で不快な表情を浮かべることはない。

それは、きっとカリスマとしての意識的な振る舞いに違いない。

しかし――心の底から楽しそうにしている姿もあまり見せない。

他の連中が気づいているかはともかく、勉の目は誤魔化せない。

そんな茉莉花が、鼻歌でも歌い出しそうなほどに浮かれている。

――いや、それだけじゃない。

『機嫌が良い』とは少し違うと感じられた。

高揚《こうよう》の中に、ほんの微《かす》かに緊張《きんちょう》が混ざっている。

ひとつひとつの所作にわずかな強張《こわば》りが見受けられた。

「立華さん……まさか、画像流出の件に気づいてないとか？」

「アップした画像は自分で消したんだろう？　それはないと思うが」

「だよなぁ。ツイッターめっちゃ炎上してるし、チェックしてないってことは……ダメだ、頭がこんがらがってきた。勉さんは？」

史郎の問いに首を横に振った。

『立華　茉莉花』は、しばしば勉の想像の斜《なな》め上を征《い》く。

見た目は完璧《かんぺき》なヒロインなのに、エロに対してやけに寛容《かんよう》な時点で尋常ではない。寛容どころか誘惑《ゆうわく》してくることまである。外面と内面の不一致《ふいっち》は元より甚《はなは》だしい。

——立華……

眼鏡の位置を直しながら、椅子に腰を下ろした茉莉花を観察する。

クラスメートが手ぐすね引いて様子を窺《うかが》っていることに気づいているのかいないのか。不自然すぎるほどに自然……否、ハッキリ見て取れるほどにテンションが高い。

纏っている空気が全く違う。

今日の茉莉花は、どこかおかしい。

——どうなっているんだ？

ガラリと教室のドアが開いた。

姿を現したのは、生徒指導教諭《きょうゆ》だった。

上下ジャージにメタボ腹。冴《さ》えない中年教師の登場に教室は騒めいた。
きっと誰もが裏垢騒動《うらあかそうどう》で現在炎上中の茉莉花とジャージ男を脳内で結び付けたはずだ。
しかし、いつもは憎《にく》たらしい教諭の顔は——名状し難《がた》い形に歪《ゆが》んでいた。
「立華、今すぐ生徒指導室に来なさい」
「わかりました」
茉莉花は即応《そくおう》して席を立ち、軽い足取りで生徒指導教諭に続いて教室を後にする。
呼び止めるどころか、声をかける暇《ひま》もなかった。
ふたりが去った後の教室で——生徒たちの声が爆発する。
『やっぱアレだって！』
『学校側にもバレてたか』
『ヤバいって、これはマジヤバいって！』
『茉莉花　終了《しゅうりょう》のお知らせ』
『停学になったりするのかな？　まさか退学とか？』
ひそひそと水面下で交《か》わされていた噂《うわさ》が堂々と教室を飛び回る。
その声を忌々《いまいま》しく思いつつも、勉は口を差し挟《はさ》むことができなかった。
新しく生まれた疑問に意識のほとんどを割《さ》いていたからだ。

──生徒指導に呼ばれて、あの態度はおかしくないか？
普通はもっと悄然《しょうぜん》とするものではなかろうか。
今日の彼女は何もかもがチグハグだった。
再び教室のドアが開き、誰もが息を呑《の》んだ。
担任だった。ため息と舌打ちが広がっていく。
「もうチャイム鳴ってるのよ！　静かにしなさい！」
威厳《いげん》に欠ける叫《さけ》びに耳を貸す生徒は、ひとりもいなかった。

◇

興奮冷めやらぬままに始まった授業は、誰もがソワソワしていた。
勉もまた例外ではなかった。
常日頃から教師の声など聞いてはいないが、今日は手元の内職も捗《はかど》らない。
「あ、茉莉花」
誰のものとも知れない声が耳に届いた瞬間、勉は頭を上げて廊下《ろうか》に目をやった。
茉莉花がいた。

教室に入ってくる様子はない。

――どうしたんだ？

教室で最後に目にした茉莉花は『今日はお祭り！』と言わんばかりのハイテンションだったのに……今の彼女は顔面蒼白《そうはく》。

漆黒《しっこく》の瞳《ひとみ》は輝《かがや》きを失って虚空《こくう》を彷徨《さまよ》い、色を失った唇《くちびる》はかすかに震えている。

まさしく急転直下の生きた見本。劇的に過ぎる変化だった。

生徒指導室でこってり絞《しぼ》られたと考えれば『ない』とまでは言えないにしても――

「立華、さっさと中に……って、立華、立華！」

黒板にチョークを走らせていた教師が気付いてドアに向かうと同時に、茉莉花は弾《はじ》かれたように駆《か》け出し――あっという間に勉を含めたクラスメートの前から姿を消した。

「立華、廊下を走るな！　違う。立華、待ちなさい！」

教師の叫びが空《むな》しく響く。

どう見てもただ事ではない。何かにつけて想像の斜め上を突っ走り気味な彼女だが……

文字どおりの意味で突っ走られては放っておけない。

「勉さん？」

いてもたってもいられなくなった勉は席を立ち、慌ただしく教室を後にした。

途中《とちゅう》でいくつもの机にぶつかったが、謝っている余裕《よゆう》はない。

「あ、こら、狩谷！　お前まで授業をサボる気か！」

がなり立てる教師の声をスルーして廊下に出ると、すでに茉莉花の姿はなかった。

――どこへ行った？

茉莉花が走り去った方向はわかるが、どこへ向かったかがわからない。

それでも足を動かして――すぐに階段にたどり着いた。

上か下か。はたまた直進か。

「下だな」

上に逃《に》げてもどこかで捕《つか》まる未来が容易に想像できる。廊下を走り続けても同じこと。

彼女が誰にも見つからない場所でひとりになりたいと考えたら、選択肢《せんたくし》はひとつだ。

一段飛ばしで階段を駆け下りると、廊下の彼方《かなた》に黒い髪《かみ》を靡《なび》かせる背中が見えた。

「立華ッ！」

叫んでみたが、茉莉花は振《ふ》り向かない。

「クソッ」

吐《は》き捨てて後を追いかけても距離《きょり》は縮まらない。むしろ逆に開く一方だった。

茉莉花は昇降口《しょうこうぐち》を駆け抜《ぬ》け、校門をくぐって走り去った。

勉はその一部始終を見ていることしかできなかった。
「ハアッ……はあ……はぁ……立華、体力ありすぎだろ」
インドア派の勉は運動神経に優《すぐ》れているわけではなく、体力もない。
『ミス・パーフェクト』と称《しよう》される茉莉花を物理的に追いかけることはできなかった。
日頃《ひごろ》からもっとまじめに運動しておけばよかったと後悔《こうかい》しても、時《とき》すでに遅《おそ》し。
——只事《ただごと》ではないぞ、これは。
靴《くつ》を履《は》き替《か》えずに学校の敷地《しきち》を出るなんて……余程の何かがあったと推測される。
なりふり構わないとは、まさに先ほどの彼女のような姿を指すに違いない。
「どうすればいい……アイツ、明日また学校に来るのか？」
息を荒《あら》らげながら自問し、即時《そくじ》に『否』と答えた。
生徒指導室から戻《もど》ってきた茉莉花の様子は尋常《じんじよう》ではなかった。
あれを見た上で『明日でいいだろ』と考えるほど、勉はお気楽な性格ではない。
茉莉花はすでに学校の外に消えてしまった。行先は不明だ。
思い当たる場所など、ひとつもない。
「クソッ……どこだ、どこに行けばいいんだ？」
彼女との思い出が脳裏《のうり》に甦る。

職員室で、教室で。図書室で、帰り道で。
スマホを介《かい》して。カラオケボックスでふたりきりになって。
ひとつ屋根の下で一夜を共にしたのに。距離が縮まったと思っていたのに。

茉莉花のことを何も知らない。

おもむろに突き付けられた事実を前に、胸を掻《か》きむしりたくなる。
何も知らない。抱える悩みも、秘《ひ》めた胸中も。それどころか彼女の——

家。

「……家、か？」

無意識に出た単語に引っかかるものを感じた。
どこへ行くにしても、最終的には家に戻るのではないか。
荷物は教室に置きっぱなしだし、遠くに行けるほどの大金は持っていないはずだ。
近くに頼れる友人はいないとも言っていた。可能性は決して低くないと思える。
「いや、でも……今このタイミングで家に戻るか？」
——俺だったら帰らないな。

あんな姿を家族に見せて心配させたくない。

だからと言って、他に彼女が行きそうなところに心当たりはない。

『ダメで元々』の精神で、茉莉花の家に足を運ぶべきだと決断して……首を捻《ひね》った。

「……立華の家ってどこだ？」

電車通学だとは聞いていた。問題はそこから先だ。

どこの駅で降りるとか、駅からどれくらい歩くとか。

彼女からは何も聞いていない。

教師たちは知っているはずだが……個人情報の保護が叫ばれる昨今、一介の生徒に簡単に教えてくれるとは思えない。

――他に……誰か、立華のことに詳《くわ》しそうな奴ッ！

大雨の中で『友だちなんかいない』と自嘲《じちょう》する茉莉花の顔が脳裏に浮かんだ。

クラスメートにもあまり込み入った話はしていないのではないだろうか。

何もかもが想像の域を出ないが、考えるほどに選択肢が減っていく。

残された手札の中で最も当てになりそうなものと言えば――

「頼《たの》むぞ……天草」

最後に思《おも》い浮かんだのは、友人の顔だった。

情報通で知られる史郎ならば、茉莉花の家を知っているかもしれない。
一縷《いちる》の望みを託してスマートフォンでメッセージを送る。
返事が戻ってくるまでに靴を履き替えておく。
スマホが震《ふる》えた。
『ここ』
簡潔過ぎるメッセージには地図が添付されていた。
タップすると少し離《はな》れた住宅街が表示される。
史郎からのメッセージはさらに続いた。
『今から立華さんを探すのか？』
『ああ』
『授業どうすんの？　先生ガチギレだぜ』
『知らん。勝手に怒《おこ》らせておけばいいだろ』
『それでとばっちりを食うのはオレらってな』
表示されたメッセージを前に勉の手が止まった。
教師やクラスメートを軽視してきたことは否定しない。
しかし、好んで彼らに迷惑《めいわく》をかけようとまでは考えていない。

ましてや数少ない友人のひとりである史郎を困らせることは本意ではない。

悩みはしたが……結果は変わらない。口を引き結び直してディスプレイに指を走らせる。

『……すまん。借りは後で必ず返す』

申し訳なさと緊張を孕《はら》んだ返答を送信すると――すぐに既読がついて返信があった。

『おｋおｋ！　女か授業かのどっちか選べって言われたら、オレだって女を選ぶからな！』

メッセージに目を通すなり身体が強張った。

史郎があっさり自分を許したことにも驚《おどろ》いたが……自分を突き動かしている感情について指摘《してき》され、思わず目を剥《む》いてしまった。

『こっちのことはいいから、さっさと立華さんを追いかけなって』

次々と送られてくるメッセージは、いずれも勉の背中を押《お》してくれるものばかり。

いつもなら煩《わずら》わしさを覚えるSNSのやり取りが、今日に限っては実にありがたかった。

正面切って言われたら……面映《おもは》ゆいどころか、その場で七転八倒《しちてんばっとう》したに違いない。

顔を見せず、声も聞こえず。しかし――意思は届く。SNSも悪くない。

『そういうのって青春じゃん。さっきの立華さん……気になるよな』

『そうだな』

『あんなSSR級の美少女に何かあったら、人類の大損失だぜ』

『ああ、取り返しがつかん』

『それでこそ勉さんだ。よし、立華さんは任せた』

『任された』

矢継《やつ》ぎ早《ばや》なやり取りを終え、スマートフォンをポケットにしまって駆け出した。

背後から教師の罵声《ばせい》が聞こえたが、勉が振り返ることはなかった。

◇

史郎から送られてきたアドレスを頼りに最寄《もよ》り駅まではたどり着けたところまではよかったが……その先が良くない。

勉は地図を見るのが苦手だった。

道に迷ったなら人に聞けばいいのだが、昼を回る前の時間帯で制服を着たままなのだ。

そこらの人に適当に声をかけたら、警察を呼ばれて学校に送還《そうかん》されかねない。

ついでに親に連絡《れんらく》が行って大惨事《だいさんじ》な未来まで幻視できてしまう。

――だからと言って、ここまで来て引き下がれるか。

覚悟《かくご》を決めてコンビニで道を聞くことにした。

何も買わずに済ますのも恰好《かっこう》つかなかったので、店に入るたびに一品ずつ買っていく。アンパン、パックの牛乳、のど飴《あめ》などなど。弁当どころか荷物を丸ごと学校に置いてきたので、小腹を満たすにはちょうど良かった。

「人情の薄《うす》さに助けられたな」

歩きながら、パンを齧《かじ》りながら苦笑《くしょう》が零《こぼ》れた。

懸念《けねん》とは裏腹に、どこの店員も客（勉）に興味を示さなかった。

各所に店を構えるコンビニを伝って少しずつ目的地に近づいていくと、街の風景がだんだん変化していくことに気づかされた。

道案内に従って駅前の繁華街《はんかがい》を越えた先は——閑静《かんせい》な高級住宅街だった。

「……ハウスキーパーがどうこうと言っていたな」

茉莉花を家に泊《と》めた際に耳にした聞き慣れない単語を思い出した。

あの時はあまり深く突っ込まなかったが、やはり彼女は裕福《ゆうふく》な家庭の出身のようだ。

しばらく歩いた末に、ある家の前で立ち止まった。

「ここか？」

いかにも頑丈《がんじょう》そうな門が見るからに来客を拒《こば》んでいる。

表札に目をやると筆記体で『ＴＡＣＨＩＢＡＮＡ』と記されていた。

「デカすぎるだろ……」

初めて目にする茉莉花の家（仮）はデカかった。家と言うより屋敷《やしき》に近い。

本格ミステリーの舞台《ぶたい》にピッタリな洋館。普通《ふつう》の人が住むタイプの家屋には見えない。

中学二年の頃《ころ》に母親が再婚《さいこん》して住むことになった狩谷家も相当な富裕層《ふゆうそう》に含まれるが、その狩谷家よりも立華家の方がさらに大きい。

威容《いよう》に気圧《けお》されつつも表札の下に鎮座《ちんざ》するブザーを押す。反応はない。

何度やっても結果は同じ。

「立華、まだ帰ってないのか」

声に落胆《らくたん》が混じって……慌《あわ》てて首を振った。ここで気落ちしている場合ではない。

『茉莉花が最後に帰ってくる場所』と想定して待ち伏《ぶ》せる予定だったのだ。

今ここにいないからと言って、アレコレ思い悩む必要はない。

門扉《もんぴ》を見上げると、一台の監視《かんし》カメラがあった。

睨《にら》まれている気がしたので睨み返した。

◇

立華家の前に到着《とうちゃく》してから、しばしの時が過ぎた。
何度か茉莉花にメッセージを送ってみたが、反応はない。
念のため史郎にも連絡したが、教室も特に変わりはないとのこと。
『ちゃんとたどり着けたみたいでホッとしたぜ』
『地図を貰《もら》ったんだから当然だろう？』
『いや、勉さんが方向音痴《おんち》だったこと思い出してどうしようかと』
『俺は方向音痴なんかじゃないぞ』
『方向音痴な奴《やつ》は、みんなそう言うんだ』
スマホをポケットにしまって空を見上げた。
梅雨《つゆ》の季節にしては珍《めずら》しい好天だった。先週末の大荒《おおあ》れがウソのよう。
「どうしてこんなことになったんだ？」
茉莉花を家に泊めてから、まだ数日しかたっていないのに。
彼女を取り巻く状況《じょうきょう》は急転直下に激変してしまった。
目の奥《おく》に鈍《にぶ》い痛みを覚え、眉間《みけん》に皺《しわ》が寄る。
――いかんいかん、俺が弱気になってどうする。
頭を振って深呼吸をひとつ、ずり落ちた眼鏡の位置を直す。

再び監視カメラを睨み付けた瞬間《しゅんかん》、ポケットのスマートフォンが震えた。

「また天草か？　今度はいったい……」

煩わしげにスマホを取り出し、ディスプレイをタップ。

『何してるの？』

「立華⁉」

メッセージは茉莉花からだった。

送信元を二度見した。間違《まちが》いない。

『何って立華を探して……待て、ひょっとして家にいるのか？』

レスを返してみたが、反応はない。

――『何してるの？』って言ったな。

その問いかけは、勉の姿が見えていなければ出てこない類のものだ。

監視カメラを見上げた。無機質なレンズ越《ご》しに茉莉花と目があった気がした。

『私が自分の家にいて、何か変？』

変ではないが……今の今まで放置されていた理由は知りたい。

いつから自分がここにいたことに気づいていたかも知りたかったが、この状況でそこまでぶっちゃけて送信することはためらわれた。

『いや、別に変ではない。少し話さないか？』

『嫌《いや》』

にべもない即答《そくとう》だった。

飾《かざ》り気《け》がなさすぎて、いつもの茉莉花との落差が激しい。

どんな顔をしてメッセージを打っているのか想像がつかない。

『話すことなんてない』

『そこを曲げて俺の話を聞いてくれ。頼む！』

『まだ学校の時間なのに何でウチの前にいるの？』

『学校？　そんなもの、どうでもいいだろ』

『警察呼ぶよ』

『呼びたいなら呼べばいい』

強気で返した。

彼女《かのじょ》はそういうことはしないと確信していた。

やさぐれた気配を文面からは感じるものの……勉がよく知る『立華　茉莉花』は、自らの身を案じて会いに来た『友だち』を警察に突き出すような人間ではない。

『どうやったら帰ってくれるの？』

茉莉花の反応が少し遅《おく》れた。

行間から舌打ちが聞こえてきそうだ。

『だから話を』

『何で私が狩谷君と話をしないといけないの?』

――『何で』……『何で』か……

茉莉花のメッセージからは拒絶《きょぜつ》の気配が強い。

生半可な理由では、眼前の堅牢《けんろう》な門を彼女に開かせることはできそうにない。

強いカードが必要だった。一発逆転を狙《ねら》えるパワーを持つ切り札が。

ここで『俺たち友だちだろ?』と押し込むのは怖《こわ》かった。

否定されたら何もかもが終わってしまう。

でも――

――本当は話したがってるってのは、俺の思い上がりか?

口では否定しても身体は正直……まるでエロ親父みたいな言い回しだが、彼女も心の底では対話を求めているように感じられた。

まったき拒絶に引きこもるのであれば、こうして勉とメッセージをやり取りする必要はない。ウザさが忍耐《にんたい》の限界を突破《とっぱ》したなら、ブロックして終わりだ。

向こうもキッカケを求めているのではないか。そう思いたかった。

──理由……何か、こう……

頭の片隅《かたすみ》に引っかかりを覚えた。

目を閉じて記憶《きおく》を探《さぐ》ると──答えはあった。

震えが止まらない指を無理やり動かして、その言葉を送った。

『貸しがあるだろ』

『貸し？』

『ああ。生徒指導から助けた。ノートを貸した。クラスメートにツッコまれてるのを助けた。勉強だって見てやった。雨宿りに家に泊めてやった。まだ何も返してもらってないぞ』

送信したメッセージを自分で読み返して『しみったれているな』と笑ってしまった。

そもそも『貸し』があったことすら、今の今まで忘れていたくせに。

勉はじっとスマートフォンを睨み付けた。

しばらくして──

『三十分待って』

『待てと言うならいつまでだって待つ』

慌てて送った読点すらない返信には既読こそついたが、その後の反応はなかった。

軽くため息をついてスマートフォンをポケットにしまい、塀《へい》に寄り掛《か》かって汗《あせ》を拭《ぬぐ》った。

ハンカチを濡《ぬ》らす冷たい汗は、茉莉花に拒絶される可能性を恐《おそ》れていた証拠《しょうこ》だ。

「どうにか話ができそうでよかった。俺《おれ》は……待つのは苦にならんからな」

子どもの頃は、ずっとひとりで母を待っていた。

中学二年の頃にいきなりできた義妹《ぎまい》にも、何かにつけて待たされることはあった。

母と義妹、再婚する前と後。

状況の差こそあれ、待つことには慣れている。

これまでの山あり谷ありの人生が、勉に変な自信を与《あた》えていた。

——立華……

目を閉じると、茉莉花と関わるようになった最近の記憶が次から次へと鮮《あざ》やかに甦《よみがえ》る。

職員室で生徒指導との揉《も》め事《ごと》に割って入ってから、まだひと月ほどしか経《た》っていない。

ずいぶん長いこと彼女と行動を共にしていると思っていたが……ただの勘違《かんちが》いだった。

ついでに昨年から収集してきた『ＲＩＫＡ』の画像や、先日遭遇《そうぐう》した半裸《はんら》も甦ってきた。

どちらも素晴《すば》らしいメモリーではあったが、今このタイミングで思い出すことではない。

「……何を考えているんだ、俺は。まったく」

頭を振って雑念を追い払《はら》おうとすると、ちょうど背後で扉《とびら》が開く音がした。

慌てて見開いた目をそちらに向ければ――そこには追い求めていた姿があった。

『立華　茉莉花』

学校のアイドルにして人気エロ自撮《じど》り画像投稿者《とうこうしゃ》。

ふたつの顔を持つ少女は、最後に目にしたときと同じく学校の制服を身に着けていた。

夏服から露出《ろしゅつ》された左右の手首にそっと視線を走らせる。

傷ひとつない綺麗《きれい》な肌《はだ》が白かった。

――最悪の展開は……避《さ》けられたか？

自傷の可能性を危惧《きぐ》していたが、その心配はなさそうだった。

ただ、雰囲気《ふんいき》の方にはいささか問題があるように見えた。

ブスッとした表情、少し濁《にご》った瞳。交わらない目線。

いつもは輝く太陽を思わせる姿がくすんでいる。

「気になるところもなくはないが……まぁ、とりあえずは良かった」

「会うなりいきなり何なの？」

「ヤケクソになって手首とかを……その」

「バカみたい。リスカなんてするわけないじゃん」

突《つ》き放《はな》し気味な声色《こわいろ》に反駁《はんばく》したくなるところを、ぐっと堪《こら》える。

生徒指導に呼び出されて教室の前に戻ってきた茉莉花の姿は、リストカットを想起できるほどに酷《ひど》いものだったのだ。

何もなかったのならそれでいいと自分に言い聞かせた。

「で……言いたいことって何なの？　まさか、今ので終わり？」

「そんな簡単に終わってたまるか」

「じゃあ、何？」

「何って、それはだな……」

ジト目で問われて言葉に詰《つ》まる。

ここまでやってきたのは『とにかく会わなければならない』という焦燥《しょうそう》に駆られたから。

会ってどうするつもりなのか、具体的なことは何も考えていなかった。

「それは……」

かつての勉は何を話せばいいのかわからないから、茉莉花と関わろうとはしなかった。

今の勉は何を話せばいいのかわからないけど、茉莉花と関わろうとしている。

昔と今で正反対なこの選択肢は――絶対に正しい。確信があった。

言葉が出て来ない現実が思いどおりにならないだけで。

「それは？」

「ああ……えっと、それは……その、だな……」

頭の中では色々な想《おも》いが渦巻《うずま》いているのに、どれひとつとして形にならない。

まごつく勉をじ～っと見つめていた茉莉花は、大げさにため息をついた。

「ま、こんなところで話すのも何だし。入って」

ワザとらしげに肩《かた》を竦《すく》めて、形のいい顎《あご》をしゃくった。

いやが上にも自覚させられた。

人生で初めて同年代の女子の自宅に足を踏み入れる、その事実に緊張する自分を。

茉莉花《まつりか》を家に招いた際もかなりの勇気を要したが、今回はあの時の比ではなかった。

「どうかした？」

「い、いや、何でもないぞ」

勝手に声が上擦《うわず》ってしまった。明らかに挙動不審《きょどうふしん》だ。

「ふ～ん、あっそ」

……にもかかわらず、茉莉花の口から出たのは、たったのひと言だけ。

いつもなら、もっとニヤニヤした笑みを浮かべてウザったく絡《から》んでくる流れなのに。

彼女の素っ気ない仕草に、すっかり頭が冷えてしまった。所在なさげにあたりを見回してみる。

池までついた広い庭。

専門家を呼ばないと手入れできそうにない数々の樹木。

門を抜けてから玄関《げんかん》にたどり着くまでにしばらく歩かなければならない、まるでフィクションの世界だと錯覚《さっかく》してしまうレベルの豪邸《ごうてい》。なのに――

――なんだ？

一歩ずつ歩みを進めるごとに違和感《いわかん》が強くなる一方だった。

眼前の光景の何に引っかかりを覚えているのか、上手《うま》く言語化できない。

ただ……居心地《いごこち》の悪い空気が広大な敷地のそこかしこから漂《ただよ》ってくるのは間違いない。

「なぁ立華《たちばな》」

「何？」

「今さら聞いても遅いかもしれんが、ご家族はいらっしゃらないのか？」

口をついて出た疑問に大した意味はなかった。

あえて理由をつけるなら、単に家と家族をワンセットで考えていただけのこと。

茉莉花の返答はなかった。勉《つとむ》を振り返ることすらなかった。沈黙《ちんもく》が重苦しさを増した。

「もしかして……俺と立華だけか？」

梅雨と台風でてんてこ舞《ま》いだった金曜日を思い出す。

『無理。来てくれるわけないって』
『そうなのか?』
『うん。ふたりとも忙《いそが》しいしね』

あの時ですら茉莉花の家族は不在だった。平日に家が空っぽでも不思議ではない。
無言で納得《なっとく》すると、今までとは比較《ひかく》にならない重圧がのしかかってきた。
年頃《としごろ》の男女が学校をサボって誰《だれ》もいない家にふたりきり。
ヤバい、ヤバすぎる。
ここまでの成り行きを考慮《こうりょ》しても、邪《よこしま》な感情を否定しきれない。
——って何を考えているんだ、俺は……
眼鏡の位置を直しながら、ため息ひとつ。
空気が読めてなさすぎて、自己嫌悪《けんお》が半端《はんぱ》ない。
「家族って……いるわけないいじゃん」
ようやく返ってきた声は、想像していた反応とは違《ちが》っていた。
寒々しく乾《かわ》ききった、嘲笑《ちょうしょう》交じりの声。
耳にするだけで脳みそに氷柱《つらら》を撃《う》ち込まれる感覚。

勉に向けられているはずなのに、勉に向けられていない声。

驚いて頭を上げると、振り向いた茉莉花とレンズ越しに目が合った。

いつもキラキラ眩《まぶ》しくてエネルギッシュな漆黒の瞳は——どこまでも空虚《くうきょ》だった。

「立華……」

「突っ立ってないで、ほら」

「……ああ」

たどり着いた玄関は外観を裏切らず相当にゆとりがあった。

促《うなが》されて足を踏み入れると、薄暗《うすぐら》い廊下がずっと先まで延《の》びている。

『ホラー映画みたいだな』と思ったが、似合いもしない軽口を叩《たた》く余裕はなかった。

靴を脱ぐ際に下駄箱《げたばこ》をチェックしたが、ほとんど靴は見当たらない。

広々とした屋敷は閑散《かんさん》としていて、なんとなく寒々しい。

どこまでも異様な光景に違和感の正体を見た。

この家には人間の気配がない。

生活の痕跡《こんせき》がない。

ここは本当に茉莉花の家なのか。
幽霊屋敷《ゆうれいやしき》じみた空気に戦慄《せんりつ》すら覚える。
無機質な自分の部屋が無性《むしょう》に恋《こい》しくなるほどに。
言い方は悪いが、こんなところに住んでいたら気が狂《くる》ってしまいそうだ。
「リビングはそっち。飲み物持って行くから座《すわ》ってて」
言いたいことは山ほどあったが、口にすることはできなかった。
『何も聞いてくれるな』と茉莉花の小さな背中が雄弁《ゆうべん》に物語っていたから。
「……何だこれは」
リビングもやはり広かった。
頭上のシャンデリアが何かの冗談《じょうだん》のようだ。
――大は小を兼《か》ねるとは言うが、これは行きすぎだろ……
何もかもが豪奢《ごうしゃ》で最新型で高級品ばかりでも、まるで羨《うらや》ましくならない。
どこもかしこも落ち着けなさげな部屋だったが、とりあえずソファに腰《こし》を下ろす。
「はい」
音もなく戻ってきた茉莉花が、相変わらず仏頂面《ぶっちょうづら》のままテーブルにコップを置いた。
繊細《せんさい》な造りのグラスの中に満たされているのは、半透明《はんとうめい》な焦《こ》げ茶色《ちゃいろ》の液体。

おそらく麦茶だ。そこだけはやけに庶民的《しよみんてき》でホッとした。

この状況でコップに素麺《そうめん》のつゆでも注がれていたら、もっと和《なご》やかな心持ちになれそうなものだが……さすがにジョークを期待できる雰囲気ではなかった。

茉莉花は向かいの椅子《いす》に腰を下ろした。

そして、沈黙。

コップの中で僅《わず》かに揺《ゆ》れる水面を、互《たが》いに身じろぎすることなく見つめていた。

「立華、その……」

延々と口を閉ざしていても埒《らち》が明かないから口火を切ったが、普段《ふだん》は歯に衣《きぬ》着せずに語りがちな勉でさえ言葉を濁さずにはいられない。

それほどに、この家の――茉莉花を取り巻く環境《かんきよう》は異様だった。

「気にしなくていいし。ウチってずっとこういう感じだし」

「ずっと？」

ひとつ頷《うなず》いて、茉莉花は訥々《とつとつ》と語り始めた。

漆黒の瞳は勉を見ているようで見ていなかった。

「パパの会社がさ……人事評価だっけ、あれで家族が云々《うんぬん》ってあったんだって」

「は？」

「だから、出世するためには家庭を持ってないといけないとか、そういう話」

「ああ……なるほど」

説明されてみれば『そういうことか』と納得できた。

この国に古くから存在する風潮について、どこかで耳にする機会があった。

企業《きぎょう》をはじめとする組織で出世するためには様々な能力を認められる必要があり、その目安のひとつとして家庭を持つことが重視されていたとか。

家族を養わなければならないという責任感。家族に気を遣ったり協力し合ったりといった協調性。子どもを育てた経験は部下を育てる経験に云々……

前時代的な発想だと思う。

古臭《ふるくさ》い因習が今なお続いているのかは不明だ。

勉はまだ高校生だから、大人の社会の潮流に詳しくはない。

「それで、ママは売れないファッションデザイナーでお金がなかった」

「はぁ」

「パパとママは高校時代からの知り合いで、同窓会で再会して……後はわかるよね？」

人の心の機微《きび》に疎《うと》い自覚がある勉でも、首を縦に振らざるを得ない。

形式的な家庭を求める男と、金銭的な支援《しえん》を求める女。

ふたりの利害は一致《いっち》していた。

「で、生まれてきたのが私ってわけ」

他人事のように語る茉莉花を見て『テレビドラマみたいな話だ』と場違《ばちが》いな感想を抱《いだ》いた。フィクションなら白馬の王子様に救われるか、ここから一発逆転ざまぁみろで拍手喝采《はくしゅかっさい》なクライマックスに向かう展開だが……残念なことに、茉莉花にとってはただの残酷《ざんこく》な現実に過ぎなかった。

悪い意味でドラマチックな状況に置かれている同年代の少女がすぐ傍《そば》に存在するなんて、この殺伐《さつばつ》とした屋敷に足を踏み入れるまで想像したこともなかった。

『裏垢《うらあか》は孤独《こどく》感に苛《さいな》まれる人間が、誰かに存在を認められたい欲求を～』

そんな見出《みだ》しが頭によぎった。

インターネットは侮《あなど》れない。ドンピシャだ。

「……父親が家庭を必要としているのなら、もう少し体裁《ていさい》を整えるのではないのか？」

微《かす》かな期待を込めて言葉を選んだ。

『それはない』と心のどこかから声が聞こえた。

『お前は今まで何を見てきたのか』と脳内で嘲笑する自分がいた。

茉莉花が口元を歪《ゆが》めた。まるで似合っていない、感情が見えない笑い方だった。

「私が生まれる前の話だよ。今のパパはもっとずっと偉《えら》い立場になってるし」

「……母親の方は？」

「才能あったんだね。有名になって海外に進出してる」

その結果が、この豪奢で空虚な立華家だ。

家庭を必要としなくなった父親。金銭的に自立した母親。

ふたりは目的を達して自分たちの世界を作り、後には娘《むすめ》が残された。

誰あろう、目の前ですすけた笑《え》みを浮《う》かべている少女こと『立華　茉莉花』だ。

立華夫妻を取り巻く状況や思惑《おもわく》、本音はともかくとして……いきなり『用済みになったので離婚《りこん》します』では世間体《せけんてい》が悪すぎる。

ゆえに、ふたりの名状しがたいナニカの結晶《けっしょう》である茉莉花は今なお『円満な家庭』の象《しょう》徴《ちょう》として、この大きくてゴテゴテに飾り付けられた立華家に留め置かれている。

さながら生贄《いけにえ》のごとく。

あるいは忘れ去られたご神体のごとく。

隔絶《かくぜつ》された孤独の中に、ひとり。

茉莉花は、今もここにいる。

「立華……」

言葉が続かなかった。

「前に狩谷《かりや》君のお家の話を聞いて『羨ましいな』って思った……って言ったら怒る？」

「……いや」

「じゃあ……ちょっとムカついたって言ったら？」

「怒らない」

「そっか」

『そういうところ、狩谷君って感じ』と微笑《ほほえ》む声はひび割れていた。

その瞳《ひとみ》はすっかり澱《よど》んで輝《かがや》きを失い、今や無限大の闇《やみ》を湛《たた》えている。

口元は夜空に浮かぶ三日月のように歪み、充血《じゅうけつ》した赤い唇《くちびる》が痛々しい。

その一方で顔色は不自然に白く、総じて不吉《ふきつ》な気配が濃厚《のうこう》に匂《にお》ってくる。

素っ気ない口振《くちぶ》りで語ってはいるものの、強がりであることは明白だった。

――立華……どうしてお前がこんな目に遭わなきゃならないんだ？

社会的地位の高い両親と広い屋敷。

金銭的なトラブルとは無縁《むえん》の裕福な環境。

自身は見目麗《うるわ》しく、頭脳明晰《めいせき》で運動神経も抜群《ばつぐん》。

社交性も高く、多くの友人に囲まれる日々を過ごしている。

ありとあらゆるものに恵《めぐ》まれている——それこそ神に愛されているのではないかと思えるほどにアレもコレもと盛りすぎな彼女は、最も大切なものを欠いていた。

『立華　茉莉花』は愛に飢《う》えている。

それも、家族の愛に飢えている。

茉莉花と関わり始めて、様々なタイミングで印象に食《く》い違いを抱くことがあった。
学校の人気者として君臨し、多くの生徒たちから一目置かれている少女。
常に『周りの人間からどんな風に見られているか』を意識している少女。
助けを求めてしかるべき荒天《こうてん》を前に『友だちなんかいない』と嘯《うそぶ》く少女。
どれだけ陰口《かげぐち》を叩かれようとも異性との交際を繰《く》り返し続ける恋多き少女。
知性的で理性的な常識人なのに、時おり過剰《かじょう》なまでの性的関心を見せる少女。
確固たる社会的地位と、見え隠《かく》れする破滅《はめつ》願望の交錯《こうさく》。
彼女が抱《かか》える矛盾《むじゅん》はひとつの疑問に収束する。

『なぜエロ自撮り裏垢なんてやっているのか？』

——そういうことか。

ふいに疑問が氷解した。

答えに至ったと直感した。

あまりにも唐突《とうとつ》に、突然《とつぜん》に。

断片的《だんぺんてき》な情報から勉が組み上げた『物語』はあまりに荒唐無稽《こうとうむけい》なものだったが、それを一笑《いっしょう》に付すことができないシチュエーションが整い過ぎていた。

「狩谷君？」

「……」

ゴクリと唾《つば》を飲《の》み込んだ。

頭も身体もおかしな熱を持っている。

反して背筋に寒気を覚えて、震《ふる》えが止まらない。

先週の金曜日の晩、茉莉花と急接近したあの夜に酷似《こくじ》していた。

しかし——勉の内側に沈滞《ちんたい》する感情は、まるで似ても似つかないものだった。

沸《わ》き立つ欲望も、燃《も》え盛《さか》る情熱も何もない。

ひたすらに心が痛い。

——触《ふ》れるべきか触れざるべきか。

迷った。

これはきっと、茉莉花の最もデリケートな部分だ。

迂闊《うかつ》に触れたりほじくり返したりすることは、彼女への最大級の侮辱《ぶじょく》に他ならない。

あまつさえ万が一にも間違っていたりしたら……自分たちの関係は修復不可能なレベルで崩壊《ほうかい》してしまうに違いない。

でも——確信があった。

自分が構築した仮説は、絶対に正しい。

勉は学校の試験あるいは模試で満点を取ることに疑問を覚えることはない。

まったく同じ感覚だった。自身のパーフェクトな自信に気付いてしまって嫌気《いやけ》がさした。

ほぼ間違いなく正解にたどり着いているのに、口の中に苦味が広がる。胸の中には黒々とした悍《おぞ》ましいものがとぐろを巻いている。

『何も言わない方がいいのではないか。日和《ひよ》るのも悪くないぞ』と誘《さそ》う自分がいた。

『言え。今ここで躊躇《ちゅうちょ》すれば一生後悔《こうかい》することになるぞ』と背中を押《お》す自分もいた。

ぎゅっと目を閉じて歯を食いしばる。

葛藤《かっとう》の末に――勉は目蓋《まぶた》を上げた。

茉莉花と正面から向かい合った。

痛々しい彼女の顔を見るのは辛《つら》かったが、ここで目を逸《そ》らすわけにはいかなかった。

「それで、か」

「それでって……何が？」

コップを傾《かたむ》けて麦茶を飲んでいた茉莉花が問うてくる。

「ＳＮＳの写真、あれは……ワザとやったんだな」

漆黒《しっこく》の瞳がかすかに揺れた。

刹那《せつな》の動揺《どうよう》を勉は見逃《みのが》さなかった。

「……狩谷君も見たんだ？」

「ああ」

「ちょっと意外。狩谷君はクラスのグループチャットとかチェックしないと思ってた」

「天草《あまくさ》が教えてくれた」

「……あっそ」

茉莉花は面白《おもしろ》くもなさそうに呟《つぶや》き、じろりと勉を睨み付けてくる。

艶《つや》を失った桃色《ももいろ》の唇が禍々《まがまが》しく笑み曲がった。

「ねぇ、私がワザとやったってどういうこと？　意味不明なんだけど」

「意味不明と言われても、言葉どおりだが」

「何でいきなりそんなこと言い出すかな？　もしよかったら教えてくれない？」

挑発的《ちょうはつてき》な口振りだった。

バカにするような声色だった。

『似合っていないな』と皮肉のひとつも言ってやりたくなる。

もちろん、無駄口《むだぐち》を叩いている場合でないことは理解している。

——やるしか……ないよな。

匙《さじ》ではなく賽《さい》を投げた。

踏み込んでしまった。

もう、止まれない。

「最初は誤爆《ごばく》を疑った。誤爆なら本来の送信先は俺になるはずだ」

「そうかもね。それで？」

「それはない」

「どうして言い切れるの？」

眉《まゆ》をひそめる茉莉花に、自分のスマートフォンを突き付けた。

「立華が俺に送ってくる写真、顔を隠してないだろ」

ディスプレイには彼女から『お礼』なる名目で送られてきた写真が表示されていた。

白い肌に真っ赤なビキニが映《は》える逸品《いっぴん》。茉莉花の笑顔《えがお》が眩しいフォトは、勉のコレクションの中でも最高レベルのお宝だ。

茉莉花は言いつけを守って週一で画像を送信してくる。いずれも顔は隠されていない。

「今になってわざわざ顔を隠したものを俺に送り付ける理由がない」

グループチャットに投下された画像には顔が写っていなかった。だから誤爆じゃない。

断言すると、茉莉花は視線を逸らせてチッと舌打ち。

間を置くことなく、ねっとりした口調で反論を試みてくる。

「私さぁ……別に狩谷君だけにそういう写真を送ってるわけじゃないんだけど？」

「そうなのか？　立華は、その……交際経験は多いそうだが、複数の男子と同時に付き合っていたことはないと聞いているぞ」

「そういうことを狩谷君に吹《ふ》き込むのって……」

「天草だ」

「チッ……またアイツか」

茉莉花の眉がひそめられる。

──立華……天草のこと嫌《きら》いすぎないか？

ゲンナリした勉に、茉莉花は問いを重ねてくる。

「でも、そもそも……私と狩谷君って付き合ってないよね？」

「……ああ、付き合ってはいないな」

『付き合おう』と言ってくれた茉莉花に『友だちから』と引き下がらせたのは、ほかならぬ勉自身だ。

否定はしない。できない。

「確かに俺たちは付き合っていない。ならば、次の疑問だ。仮に立華が現在俺以外の男子と付き合っているとしたら、そいつに俺のことをどう説明するつもりだ？」

あまり意味のない仮定だとは思ったが……茉莉花に対抗《たいこう》するためには、ひとつひとつ言《げん》及《きゅう》して可能性を潰《つぶ》しておくに越したことはない。

仮定に意味がないのは、現実に即《そく》していないからだ。

今はやさぐれてしまっているものの、眼前の少女は常に男女を問わず多くの人間に取り囲まれていた。だが……少なくとも勉が『ＲＩＫＡ』と茉莉花の同一人物説を疑い始めて以来、彼女の周囲に彼氏《かれし》ポジションの人影《ひとかげ》が出現したタイミングはない。

ソースは史郎《しろう》。

あと、勉の実体験。

絶対確実とは言えないにしても、信頼性《しんらいせい》は高い。

期間にして、おおよそひと月。

彼女と一番長く時間を共にした男子は勉で間違《まちが》いない。

ほとんどが茉莉花からのアプローチであった点は情けないので脇《わき》に置いておく。

仮に茉莉花に彼氏がいたとして……鈍感《どんかん》な勉の目を掻《か》い潜《くぐ》って本命と付き合うことはできるかもしれないが、本命の彼氏の目から勉の存在を誤魔化《ごまか》すことは可能だろうか？

『狩谷　勉』と『立華　茉莉花』は、いずれも際立《きわだ》った存在だ。

秘密裏《ひみつり》に行っていた『ガリ勉ノート』のやり取りだって、クラスメートに見咎《みとが》められた。

茉莉花がみんなの前で弄《いじ》られた際に勉が介入《かいにゅう》した件は校内に広く知れ渡《わた》っている。

さらには一学期の中間考査に向けたふたりきりの試験勉強と打ち上げ会。

どれもこれも彼氏（仮）に隠し通せるものではない。

ここ最近、茉莉花が異性がらみで揉めた話は聞かない。

考えれば考えるほどに茉莉花に彼氏がいるという仮定に無理が生じる。

ゆえに勉以外の『誰か』へ向けた写真をクラスのグループチャットに誤爆したとする筋はないと見た。勉でもなく彼氏（仮）でもないどこぞの誰かに画像を送信するほど節操がないとは考えなかったし、茉莉花もその点をゴリ押ししては来なかった。

──まぁ、俺以外の男にあんな写真を送るとは思えないが。

それは勉の思い上がりかもしれなかったので、口にはしなかった。

「じゃあ……『ＲＩＫＡ』とアカウントを間違えたって可能性は？」

なおも言い募《つの》る茉莉花に、首を横に振《ふ》って答える。

その質問は想定済みだった。

「ない。『ＲＩＫＡ』さんのアカウントはツイッターのものだ。わざわざ使うアプリを変えるなら、なおさら誤爆するのはおかしい」

炎上《えんじょう》中な茉莉花の裏垢である『ＲＩＫＡ』は昨年の夏ごろから投稿《とうこう》を開始している。

約一年近くの間、勉以外の人間が『ＲＩＫＡ』の件で茉莉花に接触《せっしょく》した形跡《けいせき》はない。

それらしいコメントはなかったし、茉莉花がトラブルに巻き込まれた話も聞かない。

眼前の少女は、誰にもバレないように表裏のアカウントを使い分け続けてきたのだ。

そこまで用心深い人間なら、画像投稿にアプリを立ち上げた時点で気がつくはずだ。

「……あと、もうひとつ気になっていたことがある」

「……何？」

「炎上が早すぎる」

史郎から情報を得て、すぐにＳＮＳと『ＲＩＫＡ』のログを遡《さかのぼ》ってみたが……グループチャットに画像が投下されてから裏垢が炎上するまでの時間がやけに短かかった。

『立華　茉莉花』は確かに目立つ存在ではあるが、テレビをはじめとするメディアに顔出しする芸能人ほどの知名度を有してはいない。一般人《いっぱんじん》のエロ裏垢が発覚しただけなのに、界隈《かいわい》を賑《にぎ》わすバカ発見器的な案件に近い炎上速度はおかしいと思った。

某匿名掲示板《ぼうとくめいけいじばん》やまとめサイトが動いた形跡もない。

インフルエンサー的な存在が絡んでいるわけでもない。

おまけにツイッターの火元をどれだけ探っても見つからない。

何もかもが不自然すぎて……これでは、勉でなくとも疑いたくなる。

「顔が見えない立華の画像がグループチャットに投下されて、その後で『ＲＩＫＡ』さんのアカウントが発見されて炎上したと聞かされたが……どちらのアカウントでも顔が写っていないのに、あんなに早く同一人物だと断定できるのはおかしい。どう考えてもな」

『立華　茉莉花』と『ＲＩＫＡ』は、どちらも魅力的《みりょくてき》な肢体《したい》を有している。

しかし……ふたりはいずれも唯一無二《ゆいいつむに》の存在ではない。

巨乳《きょにゅう》を売りにするナイスバディだけで、同一人物と断定できるのはおかしい。

グラビアアイドルやコスプレイヤーなど、性的魅力に突出《とっしゅつ》した人物は他にもいる。

勉がふたりをイコールで結ぶことができたのは、たまたま目にした膝《ひざ》の裏のほくろのおかげに過ぎないし、それにしてもカマをかけるまでは疑いを払《ふっ》しょくしきれなかった。

——ひと目写真を見るだけで確信できるのは、今の俺ぐらいのものだ。

そもそも——茉莉花の周りの人間は、あまり彼女《かのじょ》に詳《くわ》しくない。近しくもない。

廊下《ろうか》で茉莉花が怒《いか》りを漲《みなぎ》らせていたとき、彼《かれ》らは誰も気づいていなかった。

大雨に降られたあの日、茉莉花は『頼《たよ》れる友人はいない』と自嘲《じちょう》した。

……なのに、どうして彼らが『立華　茉莉花』＝『ＲＩＫＡ』に即座《そくざ》に到達《とうたつ》して速攻《そっこう》で炎上させられるのか、そこがどうしても納得いかなかった。

「もちろん、元から黙《だま》っていただけで『ＲＩＫＡ』さんのアカウントに気づいていた奴《やつ》は俺以外にもいたかもしれないが……立華が誰かにそれとなく誘導《ゆうどう》をかけた可能性もあると思っている。あるいは炎上させたのは立華自身の裏垢——『ＲＩＫＡ』さんとは異なるアカウントだったかもしれないな」

「……」

眼鏡のレンズ越《ご》しにキッと睨《にら》みつけると、眼前の黒い瞳はバツが悪げに逸らされた。

今まであまり意識してこなかったけれど、茉莉花の裏垢がひとつとは限らないのだ。

「沈黙は肯定《こうてい》ととってもいいのか？」

「何で私がそんなことをしなくちゃならないのって……はぁ、もういいわ。狩谷君相手に化かし合いしても勝ち目ないし」

肩をすくめて苦笑《くしょう》する茉莉花。

先ほどまで纏《まと》っていた刺々《とげとげ》しい空気は薄《うす》れ、ほんの少しだけいつもの彼女がまろび出た。

そこに怒りや拒絶《きょぜつ》の感情は見受けられなくて、勉は心の中で胸を撫《な》で下ろした。

「いつから疑ってたの？」

「前から色々と気になっていたところはあったが……今、頭の中でまとめた」

「ウソ⁉　考えるの早すぎない？」

「ウソじゃない」

ずり落ちた眼鏡の位置を直す。レンズが汗《あせ》で曇《くも》っていた。

これまでの人生の中で、これほどに緊張《きんちょう》した記憶《きおく》はなかった。

「ねぇ、どこで気づいたの？　私、上手くやったつもりだったんだけど」

「一番大きかったのはグループチャットに投げられた画像だ。あれと俺《おれ》に送られてきた写真との違いが引き金だったと思う」

最初は『もしかして自分に送ろうとした画像を誤爆したのか？』と疑った。

自分のせいで茉莉花が窮地《きゅうち》に陥《おちい》っているのではないかと思うと、居ても立ってもいられなかった。

お陰《かげ》で昨晩はほとんど一睡《いっすい》もできず、早朝から学校に押しかけた。

茉莉花の顔を見たかった。直接話をしたかった。

それほどに動転していた勉だったが、何度も画像を見ているうちに『おかしい』と思えてきた。

「……疑問が確信に変わったのは、この家に入れてもらってからだ」

胸の奥《おく》に溜《た》まった重苦しい空気を言葉とともに吐《は》き出した。

立華家を訪《おとず》れなければ、動機に辿《たど》り着けなかった。

「……そっか。そっかぁ」

じゃあ、家に入れなかったらよかったのかな。

狩谷君に写真を送らなかったらよかったのかな。

茉莉花は遠い眼をして、そんなことを呟いていた。

「炎上の狙《ねら》いは……両親か？」

「うん」


はぐらかされても構わないと覚悟《かくご》していたが、あっさり頷かれた。

構築したストーリーが間違っていなかったことが認められてしまった。

いっそ思《おも》い違いでもよかったのに……勉の願いは、あっけなく打ち砕《くだ》かれた。

「グループチャットやツイッターを炎上させて教師の目に入れる。奴らから両親に連絡《れんらく》が行って、立華に話が伝えられる」

「うん」

要点だけをかいつまんでみると、とても幼稚《ようち》な発想だと思える。

両親の気を惹《ひ》きたいから悪さをしただけの話だ。

駄々《だだ》をこねる子どもと大差ない。

「私ね……私ね、叱《しか》られたかったんだ。パパとママに」

『叱られたい』

そのひと言にどれほどの感情が込められているのか、到底《とうてい》計り知れなかった。

――『愛されたい』でも『話したい』でもないんだな。

立華家を目にした今となっては、甘《あま》っちょろい感想は口にできなかった。

『家族の証』としてこの世に生を受け、用が済んだら捨て置かれた茉莉花。

彼女がどれだけ喉《のど》を嗄《か》らして叫《さけ》んでも、悲痛な声は一切《いっさい》両親に届かない。

だから教師を使う。

高校は義務教育ではないが、教師という肩書《かたがき》には力がある。

彼らの力は内申点《ないしんてん》に興味がない勉のような人間が相手だと、まるで効果を発揮しないが
……世間体を気にする保護者が相手なら、それなりに影響を及《およ》ぼすことが期待できる。

狙いは悪くないと思った。

「一年がかりの計画だったんだけどなぁ」

慨嘆《がいたん》する茉莉花の声は……あまりにも軽く、空々しく響《ひび》いた。

「立華……」

「狩谷君の想像どおり、パパやママに私の声は届かない。あのふたりにとって、私に価値なんかないってわかってた。でも……」

白い手に力が籠《こも》り、掴《つか》んでいた制服の袖《そで》に皺《しわ》が寄った。

「でも、わかっていても納得できるかは別。諦《あきら》められない。褒《ほ》めてほしいなんて贅沢《ぜいたく》言わない。私は……ただ声を聞かせてほしかった。だったらどうすればいいかって考えた」

口を差し挟《はさ》めるような空気ではない。

茉莉花がそれを望んでいないことは明らかだ。

だから、沈黙を維持《いじ》した状態で目だけを動かして先を促した。

「私じゃダメ。あの人たちが無視できない人で、私の力で動かすことができる人じゃなきゃダメ。『そんな人いるかーッ!』ってキレそうになったけど……いた。学校の先生ならピッタリだって思った」。

「同感だ」

では次の問題。

どうやって教師たちを動かすか。

茉莉花は軽く肩《かた》を竦《すく》めて苦い笑みを浮かべた。

「素直《すなお》に現状を話すのは……ちょっとね」

「……俺でもアイツらに助けを求める気にはならんな」

「狩谷君の場合は違うと思う」

「そうか?」

「う～ん、自覚がなさすぎる」

「俺のことはともかく……それで生徒を利用したのか」

「うん。先生を動かすために学校のみんなを使おうって考えたんだけど、弱いかなって」

「だろうな」

学校はあまりにも保守的な組織であり、外部に醜聞《しゅうぶん》を漏《も》らすことを極端《きょくたん》に嫌う。

生徒が騒《さわ》いで教師の耳に入ったぐらいなら、ためらいなく揉《も》み消しに動く。

その手の失敗事例はニュースでよくやっているから、容易に予想できた。

「たくさんの人、それも……できれば外の人を巻き込《こ》みたかった」

「口封《くちふう》じされると困るからな」

「そうそう、それそれ」

茉莉花の口ぶり、そのノリの良さが辛かった。

「評価を上げる方向では考えなかったのか？」

「それはもうやった」

優等生ごっこでは、どこまでやれば教師が親に声掛《が》けしてくれるか見当もつかない。

中学から高校にかけて実践《じっせん》したパーフェクトヒロイン程度では全然足りなかった。

「先生ってさ、怒《おこ》るときにやたらと声が大きくなるじゃん？」

「確かに」

「だから、『悪いことした方がよくない？』って」

そうは言っても、問題を深刻化させすぎて警察が介入してくるのは困る。

犯罪に手を染めるつもりはない。自分以外に被害《ひがい》を出すのも本意ではない。

「匙加減《さじかげん》が難しかったわ～」

「それでツイッターか」

インターネット上には、承認《しょうにん》欲求とも呼べないような得体の知れない感情を持て余した人間がしばしば現れる。普段は誰《だれ》にも相手にされない者が大半なのだが……そんな連中でもネットでバカをやらかせば、瞬《また》く間《ま》に所業どころか顔や名前まで世間に知れ渡る。

悪名は無名に勝ると言わんばかりの有様で、特にツイッターはその傾向《けいこう》が顕著《けんちょ》だ。

「さすがに表のアカウントでやらかす気にはならなかったようだな」

「てゆーか、炎上狙《えんじょうねら》いの下準備かな」

「下準備？」

「そう。匿名掲示板《とくめいけいじばん》とかまとめサイトで対立煽《あお》りってあるでしょ。あれ、使えるなって」

「……対立構造は炎上の基本だ」

一方的にターゲットを叩《たた》くより、騒ぎ立てる連中同士が揉める方が盛り上がる。

「でもさぁ、ひとりで対立はできないよね」

「裏の顔……裏垢か……」

表の顔と裏の顔を用意して、正体を隠したまま状況《じょうきょう》をコントロールする。

タイミングを見計らって火種を投下し、互いのフォロワーを衝突《しょうとつ》させる。

言葉にするのは簡単だが、実行が困難極《きわ》まることは想像に難《かた》くなかった。

「キャラ付けが重要だった。表の私はキャラを変えられないからね」

裏垢のキャラを表の顔とは意図的に大きく乖離《かいり》させる必要があった。

狙いは対立構造からの炎上だから、表と裏のフォロワー同士で意気投合されては困る。

その上で、裏垢でも多数のフォロワーを稼《かせ》がなければならない。

難問だったと茉莉花は笑った。

「バラされたら台無しになるから共犯者は作りたくない。これと言った特技がない私がソロでできるキャラ。そう考えると……使えそうなのは私の身体ぐらいしかないな〜って」

性別を問わず関心を示すこと。

バレたら恥《は》ずかしいと思うこと。

へまをやったら嗤《わら》いたくなること。

仮に露見《ろけん》しても気づいた人間が口にしづらいことならば保険になる。

その一方で、計画が発動したら一気に炎上するほどの火力も必須《ひっす》。

エロ自《じ》撮《ど》り投稿者《とうこうしゃ》というキャラ付けはバカバカしいようでいて、これらの条件をかなり高いレベルで満たしていた。

こうして『立華　茉莉花』は学校のアイドルとしての振る舞《ま》いを維持しつつ、逆に『RIKA』は過剰なまでにエロに寄せることにした。

「念のために言っておくけど、私って元々えっちだったわけじゃないからね」

「……」

「あ、信じてないでしょ！　嘘《うそ》じゃないから。同中《おなちゆう》のひとに聞いたらわかるから！」

正直なところ、今までの発言の中でもぶっちぎりで信じられなかった。

過剰なまでに否定するせいで嘘臭《うそくさ》さが増している。

「はいはい、わかったわかった」

「凄《すご》い棒読みがムカつくんですけど」

「お前はいったい俺に何を期待しているんだ……」

「ま、それはともかくアイドルとエロ。これは行けるって確信した。天啓《てんけい》って奴？」

「それが嫌味《いやみ》に聞こえないところが、何とも立華らしいな」

茉莉花の計画は、自分の容姿に対する絶対的なまでの自信を根底に置いている。

生半可な女子では、とてもではないが実行に移すことはできない内容だ。

良くも悪くも、何から何まで茉莉花らしいとしか言いようがない。

「へへ、褒められちゃった」

「褒めてない」

「む～」

ふくれっ面《つら》はほんの一瞬《いっしゅん》だけ。すぐに表情を切り替《か》えて茉莉花は話を続けた。

学校に君臨するカリスマ『立華　茉莉花』を一気に失墜《しっつい》させるには、タイミングを見計らって『RIKA』のファンと相争うように仕向ける展開が理想的だったと言う。

「素人《しろうと》考えな作戦の割に上手《うま》くいってたんだけど……」

「だけど？」

「狩谷君から『RIKA』の正体に気付いたって仄《ほの》めかされて心臓止まるかと思った」

身バレをまったく想定していなかったわけではなかったと言う。

「大抵《たいてい》の生徒なら言いくるめる自信があったんだけど……はぁ」

しかし、相手が『狩谷　勉』となると話が変わってくる。

直前に予想外のイベントに遭遇《そうぐう》したばかりだったから。

「職員室のアレ、本当にびっくりしたんだから」

「……そうは見えなかったがなぁ」

接点がなかったから意識していなかったが……勉は見た目や『ガリ勉』なんてあだ名とは裏腹に、勉強一筋の真面目《まじめ》君ではなかった。むしろイメージとは似ても似つかない性質を持つ校内有数の問題児であると、何の前触《まえぶ》れもなく見せつけられてしまったのだ。

「何それって言いたくなった私の気持ち、わかる？」

「知らん」

「狩谷君を見てたら先生が役に立たないかもって思えてきて、『私の計画、ヤバくない？』ってなった直後に、よりにもよってその狩谷君に身バレだよ。ほんと、シャレにならない」

「だから、知らんと言っている」

しかも、原因が膝の裏のほくろときた。

バカバカしい計画が、バカバカしいところから綻《ほころ》び始めた。

持ち上げられて、有頂天《うちょうてん》になって、ちょっとエロ画像の投稿が楽しくなって……調子に乗った結果が、このざまだ。

事が事だけに、理不尽《りふじん》な要求を持ち掛けられても誰かに助けを求めることもできない。

計画の失敗どころか、勉の出方によっては十八禁展開な可能性まである。

まさしく絶体絶命の危機だった。ところが……話は予想外の展開にすっ飛んだ。

「監視《かんし》して弱みを握《にぎ》ろうと思ったのに……黙っててくれるどころか『投稿続けてくれ』とか言い出すから、これはついに私の頭がおかしくなったかなって」

「……バレたのが俺でよかったな」

勉の声に苦々しいものが交じった。監視されていたとは気づかなかった。

やたら接触してくるなぁとは思っていたが、まさか裏の意図があったとは。

「様子見してたけど何にもしないし。てゆーか間近で観察してたら、むしろいい人だなって」

疑いが晴れても、勉から離《はな》れようとは考えなかった。

自分勝手で傲慢《ごうまん》で、ちょっと変な人。えっちだけど面白い人。

気を張り詰《つ》め続ける毎日の中で、勉の傍《そば》だけが優《やさ》しい世界だったと微笑んだ。

「ほんと、狩谷君でよかった」

穏《おだ》やかな表情と、温かい声。

荒涼《こうりょう》とした雰囲気《ふんいき》が、今この瞬間《しゅんかん》だけ柔《やわ》らかい。

「狩谷君でよかった。狩谷君でよかったよ」

◇

『狩谷君でよかった』などと正面から恥ずかしいセリフをぶつけてくる茉莉花。

その眼差《まなざ》しに耐《た》えられなくなって、勉は視線を逸らし、ずり落ちた眼鏡の位置を直した。

言い出した当の本人もわずかに頬《ほお》を染めて咳払《せきばら》いし、すっと表情を引き締《し》めた。

「んんっ、話を戻《もど》すね。この計画を始めたとき『どうせやるなら、デキることは何でもやろう』って思った。私って入学当初から結構モテてたけど、もっともっと注目を集める方法があった」

「ミスコンか」

『立華　茉莉花』の名が校内に知らぬ者なしのレベルにまで広がったキッカケは、文化祭のミスコンだ。

大勢の生徒の前でのセンセーショナルな勝利、そしてメジャーデビュー（校内限定）。

あれがなければ茉莉花はちょっと噂《うわさ》になった程度の美少女に過ぎず、一部の男子に持て囃《はや》されるだけの存在でしかなかった。

しかも、単に勝利して名前を売っただけではない。

上級生たちの面目を潰して、小生意気な一年生が優勝を掻《か》っ攫《さら》ったのだ。

ここまでやれば同性の妬《ねた》みや嫉《そね》みを買うには十分だった。

「……普通《ふつう》にファンを増やしていくだけでよかったんじゃないのか？」

「それがさぁ、そうもいかない事情がありまして……」

尋《たず》ねる勉に茉莉花は肩を竦めた。

『ＲＩＫＡ』のフォロワーが想定以上に増えすぎた。

数字の伸《の》びが止まる気配がない。コントロールが利かない。

このままでは『立華　茉莉花』のファンと『ＲＩＫＡ』のフォロワーを衝突させた際に、数に勝る後者が前者を抑《おさ》え込んでしまう可能性が出てきた。

表の顔である『立華　茉莉花』の信奉者《しんぼうしゃ》の上限は、どれだけ頑張《がんば》っても全校生徒の総数を大きく上回ることはないのに。

「数が増やせないなら、ひとり当たりの火力を上げなきゃね」

計画を最終段階に移行させる前に、またメンドクサイ手間が増えた。

活用できそうなのは……普段《ふだん》は潜伏《せんぷく》しつつ、ひとたびチャンスを得たなら一気に浮上《ふじょう》して茉莉花を叩く連中。

つまり、リアル茉莉花の潜在的《せんざいてき》なアンチである。

まずは普通にエロ画像を暴露《ばくろ》して『立華　茉莉花』のファンとアンチをぶつけて火種を強火に育て上げ、そこに『ＲＩＫＡ』のフォロワーをぶち込む二段階方式への修正。

『敵』を増やすことができたミスコンは、まさに一石二鳥の上策だった。

「ほんと、苦労したんだから」

「何と言えばいいのか……」

嘆息《たんそく》せざるを得なかった。

自分が想像できていたのは大枠《おおわく》だけ。

本人が語る計画の全貌《ぜんぼう》、その執拗《しつよう》さに驚《おどろ》かされる。

「……男を取っかえ引っかえしていたのも下地作りの一環《いっかん》か？」

中間考査の打ち上げで足を踏《ふ》み入れたカラオケボックス。その薄暗《うすぐら》い闇《やみ》の中で茉莉花の恋愛遍歴《れんあいへんれき》を聞いた。

『元カレの悪口は言いたくないかな』

そう嘯《うそぶ》いた茉莉花の顔、あの気高い表情は嘘だったのか？

信じたいと思っているのに……苦いものが混じる声を止められない。

『情けないことを言うな』と自分を責めても、もう遅《おそ》い。

茉莉花は――ゆるゆると首を横に振った。

その顔は怒りに歪《ゆが》んではいなかった。

「前にも言ったけど、付き合ってるときはいつも本気だったよ。相手に失礼じゃん」

「そうか。それは……よかった」

茉莉花は胸に手を当てて軽く背筋を反らせた。

白い手のひらが柔らかな双丘《そうきゅう》に沈《しず》み込む。

「私の胸にはね……ずっと大きな穴が開いているの。風がびゅうびゅう吹いてるんだよ」

その穴は、きっと彼女が幼いころから両親に顧《かえり》みられなかったせいで穿《うが》たれた。

年を経るごとに大きくなった穴は、ついに彼女自身を飲《の》み込んでしまった。

「誰かと付き合ってる間は少しだけ塞《ふさ》がるの。でも、ずっとじゃない」

両親から与《あた》えられなかった愛の欠落を、男子から向けられる恋《こい》で埋《う》めようとしたのだ。

勉には、形の異なるピースで無理やりパズルの穴を塞いで取り繕《つくろ》う行為《こうい》に思えた。

「心の穴を埋めるために色んな人と付き合って、そのたびに失敗した」

「……上手くいってたら、どうするつもりだったんだ？」

聞きたくなかったが、聞かずに済ますわけにもいかなかった。

「そうだね……この穴が塞がってくれるなら、計画は中止したかな」

意外な答えだった。

これほど両親に固執《こしつ》していた茉莉花とは思えない。

翻意《ほんい》の裏に想像を絶する葛藤を垣間見《かいまみ》た。

「ダメだったのか」

「うん。バカみたいでしょ？」

薄く笑い返されても、答えることはできなかった。

永らく虚無《きょむ》を積み重ねた茉莉花の心境を推《お》し量《はか》ることは難しすぎた。

勉はそこまでの闇を知らず、絶望に押し潰されたことがない。

「ま、ダメで元々って感じだったけど。中学の時も散々試《ため》したしね」

「だったら……」

「別れた男子はアンチに変わる。火種になってくれるから無駄《むだ》にはならない」

その時々の恋人《こいびと》と真摯《しんし》に向かい合うことと、元カレを計画に利用すること。

矛盾《むじゅん》はしていないと嘯く顔には、乾《かわ》いた笑《え》みが貼《は》りついていた。

『本当か？』と尋ねることはしなかった。

明白な答えを聞く必要はない。

「止められなかったのか？」

「うん」

頷《うなず》く茉莉花の胸中に思いを馳《は》せるだけで、やるせない感情に突《つ》き動かされる。

胸の奥から言葉と想《おも》いがせり上がってくる。

「……俺じゃ、ダメだったのか？」

恥ずかしいことを口にした自覚はあった。

告白したわけではないし、交際しているわけでもない。

それでも……ここ最近の茉莉花との関係を見る限り、可能性はあったと思えた。

勉の問いに、茉莉花は素っ気なく答えた。

「わかんない」

「わかんないって、お前」

いくら何でもそれはなくないか？

少しくらいは考えてくれてもよくないか？

不満を帯びた疑問が口から零《こぼ》れることはなかった。

眼前の茉莉花が——震《ふる》えていたから。見たこともない表情を浮《う》かべていたから。

「だから、わかんないよ！　だって、だって……狩谷君でダメだったら、私、もうどうしていいのかわかんなかったんだもん！」

今しがたまでのフラットな応答とはまるで違《ちが》う声色《こわいろ》。

声から強い力が、強い想いが溢《あふ》れ出ている。

その慟哭《どうこく》は熱く激しく、そして悲しい。

「狩谷君と一緒《いっしょ》にいるのは楽しかった。想像してたのと全然違うしえっちだしえっちだしえっちだけど楽しかった。一緒にいるとドキドキして……でも、すっごく安心できるの。ウソじゃないよ。今までの男子とは全然違うの。でも……でも……」

楽しければ楽しいほど、怖《こわ》い。

今までと違い過ぎるから、怖い。

もし、ここから交際が始まったらどうするの？

勉でも胸の穴を埋めることができなかったら、どうするの？

その恐怖《きょうふ》が茉莉花を駆《か》り立ててしまった。

「怖かった。狩谷君と私との答えを見るのが……怖かったの」

勉との結末を知ることなく終わらせるために、計画を前倒《まえだお》しにした。

観測できなかった未来は不確定だから。

想像を遊ばせるには十分な希望が残されているから。

茉莉花は目を閉じ……パンドラの箱に夢を託《たく》して、そっと蓋《ふた》を閉じた。

「そうか……それは光栄だと思うべきなんだろうが……」

少なくとも臆病《おくびょう》とそしることはできない。

彼女が歩いてきた道のりは、あまりに過酷《かこく》に過ぎたから。

ただし、結果から目を背《そむ》けることはできない。茉莉花だけでなく、勉も。

「でも……だからって……立華、お前……今、学校中が敵に回ってるんだぞ」

否。話は校内に収まらない。インターネットは世界中に繋《つな》がっている。

全員ではないにせよ、関係者の少なくない人数が茉莉花を軽蔑《けいべつ》することになる。

五ケタのフォロワーのおよそ一パーセントと仮定しても数百人。

それだけの人間に嫌われる状況なんて想像がつかない。

「だろうね。最初からそのつもりだったし」

生徒たちは火種。フォロワーは薪《まき》。

大きく燃え上がった炎《ほのお》は学校という名のエンジンを回して、教師という名の弾丸《だんがん》を放つ。

狙《ほ》うはただ両親のみ。すべてを焼き尽《つ》くして後には何も残さない。まるで自爆《じばく》テロだ。

「欲《ほ》しかったんだよ、パパとママの言葉が。一度でいいから私の方を向いて欲しかったの」

「それで、どうなったんだ？」

破滅的《はめつてき》な彼女の計画は成功した……はずだ。

事態を重く見た教師たちは、きっと彼女の両親に連絡を取った。

教室に姿を現した生徒指導教諭《きょうゆ》は、両親の言葉を茉莉花に伝えたに違いない。
――上手く行かなかったんだろうな。
戻ってきた茉莉花を見れば、望む結果を得られなかったことは一目瞭然《いちもくりょうぜん》だ。
思いどおりに事が運んでいたなら、あんな逃《に》げ方《かた》はしない。
――そう、あれは……どうにも立華らしくなかった。
自分で始めた計画で多くの人に迷惑《めいわく》をかけた。
ならば結果を受け入れて、なお顔を上げる。
勉の知る『立華　茉莉花』とは、良くも悪くもそういう人間である。
……にも関わらず現実は異なっている。
だから――ここから先こそが、彼女が変貌《へんぼう》した核心《かくしん》だ。
「立華？」
流暢《りゅうちょう》に動いていた茉莉花の口が止まった。
怪訝《けげん》に思って視線を送ると、唇《くちびる》が震えている。
いつもは可愛《かわい》らしい桃色《ももいろ》に艶《つや》めく唇は、うっ血して紫色《むらさきいろ》に変色している。
「『娘《むすめ》を信じている』『娘の自主性を尊重している』だって」

「……なんだ、それは」

勉の喉を通って出た声は、ひび割れていた。

『信じる』『自主性を尊重する』

いずれも美しい響きだ。美しすぎて――反吐《へど》が出る。

真意がまるで正反対の位置にあると、容易に知れてしまうから。

「あはは……先生たちも戸惑《とまど》ってたよ。『立華、お前の家はどうなってるんだ？』って、あのジャージがマジで心配してくれるの。もうね……もうね……」

掠《かす》れた声が耳に届くたびに、勉の心臓が締め付けられる。

次の瞬間、茉莉花が爆発《ばくはつ》した。

「もうねッ……何なのコレ⁉　ねぇ、教えてよ狩谷君！　ねえってば‼」

白い手が伸びてきて襟首《えりくび》を掴み上げ、縦横に揺《ゆ》らされる。

眼鏡がズレて視界が霞《かす》んでも、身体が動かせない。

されたい放題にされていた勉は、ただ沈黙《ちんもく》するのみ。

限界を超《こ》えてしまった彼女にかける言葉が見つからない。

「私って、私って……何なの……何のために生まれてきたの？」

こんな茉莉花を見たことはなかった。

しかし、よくよく思い返してみると兆候はあった。

勉が目にしてきた彼女の表情はいつも眩《まぶ》しく、くるくると入れ替わる。

そういう性格をしているのだと思っていたが……今日この場にあっては、あまりにも変化が激しすぎた。

情緒《じょうちょ》の振《ふ》れ幅《はば》がおかしなことになっていて、明らかに感情を制御《せいぎょ》しきれなくなっている。

整いすぎた顔立ちに乗せられている表情は——いつの間にか壊《こわ》れていた。

——立華……

髪《かみ》を振り乱して激昂《げきこう》していた茉莉花が、とすんと腰《こし》を下ろした。

「なんか、疲《つか》れちゃった」

虚《うつ》ろな顔。か細い声。

勉の脳裏《のうり》に最悪の光景が閃《ひらめ》いた。

次に彼女が何を言い出すか、予想できてしまった。

『それ』を言わせてはいけないと直感するも間に合わない。

「立華！　それ以上はダメだ！」

「うん……もう、どうでもいい」

『どうでもいい』

その六文字が耳に届いた瞬間、あまりの衝撃《しょうげき》に勉《つとむ》は呼吸を忘れてしまった。

茉莉花《まつりか》の状況と心境を鑑《かんが》みれば、出てくる言葉を予想することは容易《たやす》かった。

自分で口癖《くちぐせ》になるほど使《つか》い込んできたフレーズだったから、なおさら簡単だった。

でも——茉莉花の口から零れた寒々しくも倦怠《けんたい》まみれな拒絶は勉の想像を絶していた。

『どうでもいい』が、どれほど人の心から熱を奪《うば》っていくか……自分が言われてみて初めて思い知らされた。

——これは……軽く死にたくなるな……

虚無感に苛《さいな》まれて心が折れそうになるところを、どうにか堪《こら》えた。

『人を呪《のろ》わば穴ふたつ』『因果応報』『天に唾《つば》する』

『撃《う》っていいのは撃たれる覚悟のある奴《やつ》だけだ』

散々『どうでもいい』をバラまいてきた勉に、回りまわって自分の番がやってきた。

ただ、それだけのことなのだ。それだけのことが——これほどに耐え難《がた》い。
——俺って奴は……
後悔《こうかい》とともに目を閉じれば、思い出される顔がある。
たとえば史郎《しろう》。
たとえば茉莉花。
何度となく『どうでもいい』を聞かされた彼《かれ》らは、どんな感情を抱《いだ》かされていたのか？
あまりにも傲慢で。
あまりにも投げやりで。
あまりにも心ない言葉の暴力をぶつけられて。
今の今まで関係を断《た》ち切らずにいてくれたふたりに、改めて感謝の念を覚えた。
同時に、自分の愚《おろ》かさと至らなさを猛省《もうせい》せざるを得ない。
——いや、今はそれどころじゃない。
軽く頭を振った。自省は後回しでいい。
覆水盆《ふくすいぼん》に返らず。吐いた唾は飲み込めない。
勉自身の過去の失態を、ここでどうこう言っても始まらない。
茉莉花だ。

彼女《かのじょ》をこのまま捨て置けない。

学校のアイドルあるいはカリスマとして数多《あまた》の人間と関わりを持ってきた茉莉花の口から出た『どうでもいい』は、他者との関わりを最小限にとどめていた勉の『どうでもいい』とは何もかもが違う。

問題はそれだけではない。

『どうでもいい』は癖《くせ》になる。

『どうでもいい』

そう言って、自分と他の人間との間に壁《かべ》を作って溝《みぞ》を掘《ほ》った。

時間の無駄。エネルギーの損失。コストパフォーマンスが悪い。

だから離れる。だから突き放《はな》す。

それでいい。それがいい。

――ダメだ……それはダメだぞ、立華《たちばな》！

『狩谷《かりや》　勉』は幼い頃《ころ》から孤独《こどく》に慣れていた。親しんでいた。ひとりでいることに苦痛を覚えない人間だった。

ひとりぼっちは気楽だった。

赤の他人を切って捨てても、露《つゆ》ほどにも心が痛まない。

煩《わずら》わしげな人間関係に振り回される同年代の少年少女を、心の中でせせら笑っていた。

それが『狩谷　勉』という男だ。

——立華……お前は俺《おれ》とは違う！

『元カレの悪口は言いたくないかな』と嘯いて庇《かば》う。

早く帰りたくなる悪天候な日に相談を持ち掛けられても邪険《じゃけん》にしない。

相手が教師でも理不尽には真っ向から立ち向かうし、責任を誰かに擦《なす》り付けたりしない。

根本的にお人好《ひとよ》しで優しくて——そんな茉莉花だからこそ、恋され愛され信頼《しんらい》される教室の太陽たり得るのだ。

——なぁ立華、お前はいい奴なんだ。教室……いや学校の全員が証人だ。

彼女の周りに集う人間、その全員の目が例外なく節穴だったはずはない。

場所も時間も性別も問わず、誰もが茉莉花の一挙一動に注目しているのだ。

個々の監視は不完全でも、頭数で死角をカバーされれば回避《かいひ》は困難を極める。

茉莉花の言動にほんの少しでも嘘の匂《にお》いが感じられたら、絶対に誰かが気づく。

気づいた奴は面白《おもしろ》おかしく噂を流し、広がった噂は強《したた》かに彼女を傷つけただろう。

そんなことはなかった。
勉が知る限り、ただの一度もなかった。
やっかむ女子や元カレたちですら、彼女を責めることはなかった。

茉莉花の生き様に嘘はなかった。
ただ、生き方が酷《ひど》く不器用なだけ。

一方で『立華　茉莉花』は寂《さみ》しがり屋《や》でもある。
生来の環境《かんきょう》ゆえに孤独に慣れてはいても、親しんではいない。
『せめて両親に叱《しか》られたい』という一連の動機からも、その心根は明らかだ。
そこが勉とは決定的に違う。違うからこそ、ここで放置するなど以《もっ》ての外《ほか》なのだ。
——どうする？　どうすればいい？
今回の茉莉花のやらかしは半端《はんぱ》なレベルではない。
自らの現在や未来を省《かえり》みていないどころではない。
クラスメートを火種にして、フォロワーたちを薪にして、自作自演で炎上《えんじょう》させた。
誰も彼もが茉莉花の思惑《おもわく》どおり、リアルでネットで喧々諤々《けんけんがくがく》の真っ最中。

学校の教師たちも対応に大わらわだったことは想像に難くない。

彼らをうまい具合に操《あやつ》ってメチャクチャに迷惑をかけた当の本人が、そのすべてに『どうでもいい』と言い放つ意味は……あまりにも重い。

それはきっと、とても楽な選択肢《せんたくし》だ。

楽であることは悪いことではない。

茉莉花は頭が回るし要領も良い。しばしばアレな言動が見受けられるが、基本的には理性的で常識をわきまえた少女だ。自らのあられもない肢体《したい》を電子の海に放流する危険性だって理解しているし、裏垢《うらあか》が周囲の人間にバレた際のリスクだって承知している。

仮に計画どおりに行ったところで、事を終えることができたところで……あとで彼らからどんな視線を向けられるか、どんな扱《あつか》いを受けるかだって想像できているはずだ。

結果はご覧の有様で……ならば、いっそのこと何もかも『どうでもいい』と切り捨ててしまえば、少なくとも余計なことに頭を悩《なや》ませる必要はなくなる。

ある意味では合理的だ。効率的と言ってもいい。

どうせ高校時代の知人友人なんて、卒業してしまえば関係は続かない。

……とか何とか考えているに違いない。勉だって同じようなことを考えた。

そして、その思惑の行きつく先は――まさに『狩谷　勉』の二《に》の舞《まい》に他ならない。

コミュニケーションを拒《こば》むようになって、トラブルを起こすようになって、さらに周囲と距離《きょり》を置くようになる。終わりのない悪循環《あくじゅんかん》な未来が目に見えるよう。

――そんなこと……絶対に見過ごせんぞ。

茉莉花はまだ若い。日本人の平均寿命《じゅみょう》を考えても、高校を卒業してからの時間の方が圧倒的《あっとうてき》に長い。彼女の人生はこれからなのだ。

ここで人間関係の構築を諦《あきら》めてしまっては、将来に大きな支障をきたすことが明白だ。何なら今回の事件がトラウマになって、勉よりも酷い状態になる可能性まである。

「……」

勉は口を閉ざしたまま、そっと中指で眼鏡の位置を直した。ぼんやりした眼差しを投げかけてくる茉莉花の前で、大きく大きく息を吐《は》き出した。

よかった。

勉は、己《おのれ》の人生に感謝した。

生まれて初めてのことかもしれなかった。

『狩谷　勉』は自他ともに認める欠陥《けっかん》だらけの人間だ。

特に他者への思いやり——その根源たる想像力の欠如《けつじょ》は、数多ある欠点の中でも最たるもののひとつと言っても差し支《つか》えない。

それほどに人でなしの勉が、今この瞬間『立華　茉莉花』の心情を推し量って慮《おもんぱか》ることができるのは、ひとえに今まで積み上げてきた人生があってこそ。

人の心がわからなくとも、自分がこれまで歩いてきた道のりを振り返ることはできる。

自暴自棄《じぼうじき》な茉莉花が放った『どうでもいい』が導く取り返しのつかない未来を、きっと彼女自身より具体的にイメージできている。過去の経験が教えてくれる。

——本当に……よかった。

身体が、心が震えた。

十六年におよぶ勉の道行きには意味があった。

目の前で壊れそうになっている少女に手を差し伸べることができる。差し伸べようと思うことができる。それが堪《たま》らなく嬉《うれ》しかった。

今の茉莉花は、心が疲れている。

ずっと省みられることのなかった両親との致命的《ちめいてき》な断絶に絶望している。

その胸中を勉ごときが完全に理解することはできない。

できることは——ただ、思いを馳せるだけ。

——ああ……俺は恵《めぐ》まれていたんだな。

片親ではあったが、勉は母に愛されてきた。

母の再婚《さいこん》でできた義父は尊敬できる人間だった。

義妹《ぎまい》は口うるさいが好感の持てる人物だ。口うるさいが。

——あの時、立華はどんな気持ちだったんだ？

梅雨《つゆ》と台風の最凶《さいきょう》コンビに襲《おそ》われて彼女を家に泊《と》めたあの日。

自分を取り巻く環境と胸の内を茉莉花に吐露《とろ》した夜の一幕が思い出された。

母ひとり子ひとりで暮らしてきた過去と現在の狩谷家にまつわる勉の感情は複雑な模様を描《えが》いていて、永らく心の奥《おく》に巣食っていた澱《おり》は気軽に笑い飛ばせるものではなかった。

だが……今にして思えば『自分は不幸だ』と自虐的《じぎゃくてき》に自慢《じまん》していた節があった。

ダサい。ダサすぎる。

茉莉花は、いったい何を思いながら勉の繰《く》り言《ごと》に耳を傾《かたむ》けていたのだろう？

ショボい悩みをさも重大そうに語る勉を——しかし、彼女が一笑《いっしょう》に付すことはなかった。

蔑《さげす》むこともなかった。

ひねくれ拗《こじ》らせた勉に、あくまで茉莉花は優しかった。

頭を撫《な》でてくれた手のひらの感触《かんしょく》は、その温かい体温は、今も心に刻《きざ》み込《こ》まれている。

「どうでもよくは……ないだろ」

口をついて言葉が出てきた。

胸の奥から溢れてきた心が、そのまま形になった。

自分の過去を振り返って、茉莉花の優しさを思い出して、ひと言ずつ繋げていく。

「どうでもいいわけがない。お前、言ったよな。『どうでもいい』はよくないって」

「狩谷君……ううん、私は本当に……もう、どうでもいいんだよ」

茉莉花の笑みはくすんでいた。瞳《ひとみ》はうつろで口元は歪んでいる。

声にも表情にも嘘《うそ》がないと理解できてしまうのが辛《つら》かった。

勉がよく知る、そして焦《こ》がれる『立華　茉莉花』には似合わない……否、似合う似合わないの問題ではない。

茉莉花には辛そうな顔をしてほしくはない。

それは一方的で我儘《わがまま》な本心だった。

「『自分のことを思いっきり大好きになって、思いっきり大切にしなきゃダメ』なんだろ？　お前、自分に自信があるって言ってただろ。だから自撮《じど》りをアップしてたんだろ？」

とても、とても残念なことに……勉の心からの叫《さけ》びは、ただのパクリだった。

言葉に著作権が存在するなら、その権利者は目の前にいる。

ほかならぬ茉莉花から送られた言葉だった。

「……何それ、私のパクリじゃん」

「ああそうだ、パクリだ。でも、俺の心に響《ひび》いた言葉だ。こんな言葉に著作権なんかないから遠慮《えんりょ》なくパクらせてもらう」

自らの内から生まれた言葉ではなかったけれど、効用は身に染《し》みて理解している。

だから——きっと届く。きっと効く。

否。

絶対に効く。ソースは自分。

「……私は、自分のことが好きだなんてひと言も言ってないよ」

「そんなはずは……」

ない、と反論しようとしたが……よくよく思い返してみれば、確かに『自分が好き』とは言っていなかったような気がしてきた。

イチイチ細かい上に、何ともメンドクサイ。

「いや、違うだろ。それはただの揚《あ》げ足取《あし》りだ」

「揚げ足取りでも何でも言ってないものは言ってない」

「言った。言ってないけど言った！」

「ハァ？　何言ってるの狩谷君、頭大丈夫？」

口振《くちぶ》りも、向けられる瞳も刺々《とげとげ》しい。

——うむ、悪くない。

眼鏡の位置を直しつつ、心の中でほくそ笑んだ。

先ほどまでの生気を失った茉莉花よりは、よほどいい。

「言ってなくても本音はわかる。あの言葉には力があった。自分で言うのもおかしな話だが……俺は意固地で頑固《がんこ》で捻《ひね》くれものだ。他人の説教なんぞ鼻で笑い飛ばす男だ。その俺が『考えてみる』と言ったんだ。立華が想像しているよりもすごいことなんだぞ、これは」

「それ……自分で言ってて空《むな》しくならない？」

「んんっ、俺のことはどうでも……いや、ちょっと待った。今のはナシだ」

「狩谷君……『どうでもいい』って言おうとしたよね？」

「……話を逸《そ》らすな。今は立華の話をしている」

「誤魔化《ごまか》した」

「うるさい。とにかくだな……あの言葉には、立華の言葉には強烈《きょうれつ》なパワーがあったんだ。

お前は決して適当な思いつきを口にしたわけじゃない」

心の表面だけを撫でるような、上《うわ》っ面《つら》だけのきれいごとではなかった。

頑《かたく》なに『どうでもいい』を連呼して他者を拒絶《きよぜつ》してきた男に翻意を促《うなが》すほどの力だ。

意固地な勉に響くほどの力の根源は――きっと茉莉花の実体験だったのだろう。

――そういうことか……

あの時感じた違和感《いわかん》の正体に、ようやく思い至った。

学校ではカリスマ、ツイッターでは超がつくほどの人気者の茉莉花が、なぜあんなに真に迫《せま》った言葉を持っていたのか。

華《はな》やかな外面《そとづら》と内に潜《ひそ》む得体の知れない何か、そのギャップに疑問を覚えていたのだ。

今ならわかる。

彼女自身が何度となくそうやって自分を奮い立たせてきたのだ。

両親に愛されなかった自分を、必死に自分で愛して慈《いつく》しんだ。

本人は頑ななまでに否定しているが、おそらく間違《まちが》いない。

「それは……」

茉莉花の瞳が揺れている。

明らかな動揺《どうよう》こそが、勉の推測の正しさを裏付ける何よりの証左だった。

「ダメ、だよ。私は……自分のことなんて信じられない」

小さく頭を左右に振り、両膝《りょうひざ》を立てて顔を埋めてしまった。

かすかに漏《も》れ聞こえる彼女の声は湿《しめ》り気《け》を帯びて震えている。

茉莉花が負った精神的ダメージは、勉の想像以上に大きかった。

「どうしてだ？　学校ではあんなに自信満々に輝《かがや》いているくせに！」

「学校って……あんなの、練習すれば簡単にできるよ。狩谷君の勉強と同じ」

「俺と同じって……」

絶句させられた。

立ち居振る舞《ま》いから会話の端々《はしばし》まで、『立華　茉莉花』に隙《すき》と呼べる部分はない。

反感を抱く者もいるにせよ、多くの人間に慕《した》われ愛されている事実に疑いはない。

教室を明るく照らす太陽であり続けた日々を、ただの反復練習の成果と言うのか。

どれほどのものを積み上げればその領域に至るのか……もはや想像の埒外《らちがい》だった。

——立華は……強いんだな。

目の前で蹲《うずくま》る少女に勉は改めて感嘆《かんたん》し、敬意を抱いた。

過酷な環境に捨て置かれても腐《くさ》ることなく、ひたすらに歩みを止めなかった。

たとえ目指した先が過《あやま》ちであろうとも、彼女の道のりは否定されてよいものではない。

反面、彼女の強さは厄介《やっかい》でもあった。

自己を形成していた強靭《きょうじん》な気質が、今や完全に反転してしまっている。

ひっくり返ってしまった茉莉花が纏《まと》うネガティブオーラもまた、半端なく強かった。


足りない。

彼女から贈《おく》られた言葉だけでは足りない。

己の不甲斐《ふがい》なさだけでなく、眼前の厳しい現実を認めざるを得ない。


——クソッ。

顔を見せてくれない茉莉花の前で、眉間《みけん》に皺《しわ》を寄せた。

彼女に顔を見られていないことは、むしろ幸いだった。

茉莉花ほどではないにしても山あり谷ありの人生を送ってきたのに……勉の内には言葉がなかった。

狭《せま》い世界に汲々《きゅうきゅう》としてきた勉には、あまりにも人生経験が足りない。

茉莉花自身の言葉を借りて本人を説得するなどと……なんだかんだと開き直ってみたものの、きまり悪いことこの上ない。

学業に励《はげ》んできた半生を後悔するつもりはないが、この状況《じょうきょう》で壊れかけの少女にかけるべき言葉を自らの内側に見出《みいだ》すことのできない自分に怒《いか》りさえ覚える。

──いや、俺のことは後回しでいい。気を散らすな。

奥歯《おくば》をぐっと噛《か》み締《し》めて愚痴《ぐち》を飲み込んだ。

優先順位を見失ってはいけない。今は、茉莉花だ。

絶望の淵《ふち》から今にも身を投げ出しそうな彼女を繋ぎとめる言葉が欲しい。

──どうすればいい？

借り物の言葉では至らなかった。

飾《かざ》り立てられた口先だけの言葉では話にならない。

かつて勉の芯《しん》を撃ち抜《ぬ》いた茉莉花の言葉には、彼女が歩んできた道程をバックボーンとした重みがあった。

ならば──

──思い出せ、これまでの日々を。俺だって……決して何もなかったわけじゃないッ！

拳《こぶし》を固く握《にぎ》ってギュッと目を閉じ、記憶《きおく》を遡《さかのぼ》る。

改めて振り返ってみると……辛い思い出が多かった。

固く心を鎧《よろ》って鈍感《どんかん》にやり過ごしてきた日々ばかりだった。

母を幸せにする未来を夢見て、ひたすら目の前の課題を消化し続けた。

友人は、ほとんどいなかった。

寂《さび》しさと向かい合い、母の前では強がった。

自分のために心身をすり減らす母を困らせたくなかった。

父がいないことはコンプレックスではなかった。存在しないものに執着《しゅうちゃく》などしない。

でも——理不尽《りふじん》だとは思った。

父の不存在が、ではない。

父が存在しないことによって被《こうむ》る不利益が、だ。

同年代の他者と比較《ひかく》することによって浮き彫《ぼ》りになる現実が、だ。

自分が苦難に耐《た》えている傍《かたわ》らで、他の子どもたちが幸せそうにしている日常が、だ。

別に彼らは悪くない。わかっていても許せない。どれだけ理屈《りくつ》を並べてみても、昏《くら》い感情が消えてくれない。

自分の醜《みにく》い心を目《ま》の当たりにするのは辛かった。

情けなさすぎて、誰《だれ》かに吐き出すことなど以ての外だった。

そんな苦しい思いをするくらいなら、誰とも関わらない方が楽だった。

そう――孤独は楽だった。

勉は楽な方へ逃げたのだ。

逃げたことが間違いだったとは今でも思っていないが……結果として意固地になり、排《はい》他《た》的《てき》になり、傲慢《ごうまん》になってしまった。

一方で――勉を取り巻く環境は劇的に変化し、いつの間にか孤独を感じなくなっていた。

義父と義妹。

変わり者な友人の史郎。

憧《あこが》れのエロ自撮り裏垢主『ＲＩＫＡ』。

ひょんなことから近しくなった『立華　茉莉花』。

降ってわいた新しい環境が、辛い過去を遠ざけてくれた。

勉は……ただ彼らに感謝すればよかった。

胸を張って、そう言える。

——これだ！

答えが見えた。

漠然《ばくぜん》と、しかし確信した。

「立華」

「……何よ？」

茉莉花が頭をあげた。

再び向かい合ったその顔はクシャクシャに歪《ゆが》んでいたが、涙《なみだ》を零《こぼ》してはいなかった。

泣くことすらできない彼女の姿を前にして、胸が締め付けられそうになる。

「立華……お前、自分のことが信じられないって言ったな」

「言ったよ」

「自分のことが嫌《きら》いなのか？」

「嫌いだよ。私は、私が世界で一番大嫌《だいきら》い」

「そうか……だったら、それはそれで別に構わない」

「……狩谷君？」

茉莉花の瞳が、訝《いぶか》しげな光を宿した。

少なくとも、彼女は勉に対する関心を失ってはいない。

――ならば。

勉は膝《ひざ》に手をついて立ち上がり、呆然《ぼうぜん》と見上げてくる茉莉花の横に回って腰を下ろす。

彼女の小さな唇が開かれるより早く、見出した答えを噛み締めるように口にした。

「すまん、俺はお前を救う言葉を持っていない。だが……ずっと傍《そば》にいることはできる」


母、義妹、義父、史郎、そして茉莉花。

勉は彼らのおかげで寂しさを忘れることができた。

距離感は相手によって様々で、ギクシャクしているところもある。

母には遠慮がある。

義妹は何かと口うるさい。

義父と顔を合わせるのは気まずい。

史郎は恋愛《れんあい》がらみの話題になるとウザい。

茉莉花には――言葉では語りつくせない想《おも》いがある。

うまく付き合っていけているとは、口が裂《さ》けても言えない。
それでも、彼らがいてくれてよかったと断言できる。
ちょっと電話で愚痴を吐き出す程度でもいい。
休み時間にジョークを交《か》わすだけでいい。
近くにいても離《はな》れていても、同じ空の下で暮らしている。
自分のことを気にかけてくれる人がいる。
そう思えるだけでいい。

『どんな時でも、ひとりにはしない』

それが——勉が茉莉花に贈ることができる唯一《ゆいいつ》の答えだった。
なお、『傍にいる』のくだりには思いっきり願望が混じっている。
——我ながら、えらく回り道をしたものだ……
与《あた》えられる言葉はなかったし、言葉である必要もなかった。
傍にいる。
ずっと、傍にいる。

勉にできることは、それだけだった。

「……ッ」

茉莉花の頬《ほお》を一筋の涙が流れ落ちた。

勉の肩《かた》に頭を預けて、静かに身体を震《ふる》わせる。

微《かす》かな嗚咽《おえつ》が勉の耳朶《じだ》を打った。

――ずいぶん静かに泣くんだな。

さして長くもない付き合いだったが、今までにたくさんの茉莉花を見てきた。

からかうような顔があった。煌《きら》めくような顔もあった。

頬を膨《ふく》らませる顔もあった。ジト目で睨《にら》む顔もあった。

真面目《まじめ》な怒りの顔もあった。慈愛《じあい》に満ちた顔もあった。

茉莉花が、泣いている。

勉の肩を借りて泣いている。

初めての泣き顔を見ようとは……思わなかった。

かわりに艶《つや》やかな黒髪《くろかみ》に覆《おお》われた頭部を抱き寄せて、耳元で囁《ささや》いた。

「俺はお前を否定しない。お前がお前のことを嫌いでも、俺はお前が大好きだ」

『どう伝えるか、そもそも伝えることができるのか』と長らく悩んでいた言葉は、あまりにもあっさりと口から零れ落ちた。

力《りき》むこともなかったし、つっかえることもなかった。

「うん……うん……」

耳が茉莉花の呟《つぶや》きを捉《とら》えた。

言葉になる前の心を顕《あらわ》した声には、か弱くも確かな力が宿っていた。

「立華……」

名前を呼ぶたびに、胸の奥から込み上げてくるものがあった。

それ以上は舌が回ってくれなかった。

——立華……

手のひらで感じる。

傍に寄せた頬で感じる。

腕《うで》で、そして全身で感じる。

茉莉花を感じる。

その吐息《といき》を、体温を、生命力を感じる。

——どうやら間違えずに済んだみたいだな。

安堵《あんど》の言葉は心の中に留め置いて、勉は茉莉花に添《そ》えた手に少しだけ力を込めた。

「立華、俺は——」

これからも、ずっと傍にいる。

きっと、それだけでいい。

エピローグ

@URAAKASAN

『駅まで迎《むか》えに来て』

翌日の早朝、勉《つとむ》のスマートフォンに一通のメッセージが表示された。

送り主の名は――茉莉花《まつりか》。

――ほとぼりが冷めるまで休んでもよさそうなものだが……

寝《ね》ぼけ眼《まなこ》に眼鏡をかけて表示されたテキストを読んで、率直《そっちょく》に思った。

一方で、本人が行くと言っているのにワザワザ止めるのは野暮《やぼ》だとも思った。

もちろん、呼ばれた以上は無視するとか断るとかいった選択肢など存在しなかった。

いつもどおり始業ギリギリに教室入りするつもりでアラームをセットしていた勉は、朝のルーティーンを放り出して準備を始め、慌《あわ》ただしく家を後にした。

昨日は――結局あれから、何もなかった。

勉に身を寄せていた茉莉花は、しばらくして顔を上げた。

涙の痕《あと》こそ残っていたけれど、漆黒《しっこく》の瞳には意志の光が戻《もど》っていた。
『また明日、学校でね』
そう言って見送ってくれた茉莉花の、はにかむような笑顔《えがお》を信じた。

◇

平日の朝の駅前、その満ち満ちた喧騒《けんそう》をじっと睨みつけていた。
職場に向かうサラリーマンや学校に向かう生徒。その他もろもろ。
駅から吐き出されてくる者がいて、駅に吸《す》い込まれていく者がいる。
爛々《らんらん》と瞳を輝かせる者がいて、ゾンビみたいに瞳を濁《にご》らせる者もいる。
「……む？」
何の前触《まえぶ》れもなく広場が湧《わ》いた。
理由はいたってシンプルで、その少女が放つ煌めきに誰もが目を眩《くら》ませたからだった。
腰《こし》まで届くストレートの黒髪は、遠目に見てもわかるほどに艶やかで。
大粒《おおつぶ》の黒い瞳が目立つ美貌《びぼう》には、自信に満ちた笑みが浮《う》かんでいて。

制服を内側から押《お》し上げる大ボリュームの胸を堂々と見せつけて。

キュッとくびれた腰回《こしまわ》りから、校則違反《いはん》な短いスカートに覆われたお尻《しり》を経てスラリと伸《の》びる脚《あし》へ続く曲線が完璧《かんぺき》すぎて。

どこもかしこも見どころだらけで目のやり場に困らなすぎて困るスーパーヒロインこと『立華《たちばな》　茉莉花』が、そこにいた。


「立華！」

軽く手を振《ふ》ると、茉莉花はためらうことなく一直線に向かってきた。

人ごみは勝手に割れた。彼女が纏うオーラのなせる業だ。

「おはよ」

「おはよう、立華」

一夜明けて相まみえた茉莉花は、どこまでも『立華　茉莉花』だった。

立華家を後にしてから『心配ない、心配ない』と繰り返し自分に言い聞かせても、勉は内心ずっとヤキモキしていた。

だから、颯爽《さっそう》と歩み寄ってくる彼女の姿を目にして胸を撫で下ろした。

挨拶《あいさつ》を交わしても足を止める様子はなかったので、見惚《みと》れていた勉は慌てて横に並んだ。

眼鏡の位置を直すと同時に——気づかれないようにチラリと横目で様子を窺《うかが》った。

——大丈夫そうか？

昨日見せた不安定さや弱々しさが表面に残ってなくても、決して油断はできない。

スイッチのオンオフを切り替《か》えるみたいに、急に何もかもが変わるわけではない。

茉莉花の中にも弱さが存在する。それを忘れて気軽に崇《あが》め奉《たてまつ》っていてはいけない。

他の連中はともかく自分だけは絶対に忘れてはいけないと、強く胸に刻み込んだ。

決意を新たにする勉の隣《となり》を歩いていた茉莉花の唇《くちびる》から、軽《かろ》やかな声が奏《かな》でられる。

「私さぁ」

「ん？」

「私……あの家を出ようと思うんだ」

「そうなのか？」

『唐突《とうとつ》だな』と思った。

『それがいい』とも思った。

あの家は見てくれこそ豪華《ごうか》ではあるが、実情は茉莉花を閉《と》じ込める檻《おり》そのものだ。

『立華家』の健在を知らしめるためだけに存在する、いけにえの祭壇《さいだん》めいた雰囲気《ふんいき》すらあった。

言い方は悪いが、あんなところで日々を過ごしていたら気が滅入《めい》って仕方がなかろう。

「でも、いいのか？　立華はその……」

「いいのいいの。だってパパが言ったんだもん。『娘《むすめ》を信じています。自主性を尊重します』って。家を出るのも尊重してくれるって」

「そうか」

「新しい住まいの家賃も学費も食費も、もちろん全部負担してもらうつもり。私を信じてくれるんだから、それくらいの投資は……ね？」

「逞《たくま》しいな」

『図太いな』とか『厚かましいな』とは言わなかった。

これまでの半生を考慮《こうりょ》すれば、茉莉花の要求には妥当性《だとうせい》がある。

家族のカタチを取り戻すことはできなかったという現実を受け入れて、無理なく無茶《むちゃ》せず彼女《かのじょ》なりに前を向いている。

表情は微妙《びみょう》に強張《こわば》っていて、声には強がりが含《ふく》まれているように聞こえたが……茉莉花の心境の変化は喜ばしいことであると思えた。

――今のところは、な。

立華家を後にして、アルバイトに精を出して。

家に帰ってひとりの時間ができると、勉は己の不甲斐なさに呆《あき》れ果てた。

自分にもっと力があれば、茉莉花と両親の間を取り持つことができたのではないかと口《くち》惜《お》しさすら覚えた。

身《み》の程《ほど》知《し》らずかもしれないし、余計なお世話かもしれないが……『今は無理でも、いつかは何とかしてやりたい』と考えずにはいられない。

どんな手段に訴《うった》えればいいかもわからないくせに。

──ふむ……わからないで済ませずに、本腰《ほんごし》を入れて取り組むべきかもしれんな。

茉莉花と関わり続ける以上、勉としても無関係な話ではない。

いずれ彼《かれ》らと相対する予感があった。確信と言ってもいい。

同時に、彼らの顔も名前も知らないことに気付かされた。

茉莉花の両親は、今の勉にとってあまりに遠い存在だ。

「まぁ、ずっと脛を齧《かじ》りっぱなしってのもカッコ悪いし、自分でお金も稼《かせ》いだ方がいいな～とは思ってるけど」

「ふむ……ならばアルバイトでもしてみたらどうだ？」

「中華《ちゅうか》料理店で？　チャイナドレスとか着ちゃう？」

「それはいいな」

茉莉花の裏垢《うらあか》である『ＲＩＫＡ』がアップしたチャイナドレスの画像が鮮明《せんめい》に思い出されて、自然と口角が吊《つ》り上がる。

白く輝く長い脚、その膝の裏に見出したひとつのほくろからすべては始まった。

ずいぶん昔のように感じられたが、あれから二か月も経《た》っていない。

夏休みどころか、期末考査すら始まっていない。

高校二年生の一学期は、これまでに体験したことがないくらいに濃密《のうみつ》だった。

――色々あり過ぎだろ。

ため息を我慢《がまん》していると、ワイシャツを引っ張られる感覚があった。

視線を下ろすと……逆に見上げてくる茉莉花と目が合った。

艶《つや》のある瞳が潤《うる》みを帯び、頬には朱《しゅ》が差している。

「ね、手を繋《つな》いでいい？」

「ああ。俺《おれ》でよければ」

手を差し出すと、いきなり茉莉花の機嫌《きげん》が悪くなった。

あまりと言えばあまりに過ぎる豹変《ひょうへん》。理解不能だ。

「た、立華？」

「もう！　手の繋ぎ方はこう！」

頬を膨らませた茉莉花は自分の手のひらと勉の手のひらを重ね、白い指を絡《から》めてきた。

すべらかな手触《てざわ》りと、ほっそりした指の感触がダイレクトに伝わってくる。

茉莉花の手は――細かく震えていた。汗《あせ》が滲《にじ》んで冷たかった。

驚《おどろ》きのあまり、反射的に顔を凝視《ぎょうし》してしまうほどに。

彼女の顔には乾《かわ》いた笑《え》みが張りついていた。

「……昨日は『どうでもいい』とか言ったけど。あはは……どうでもよくなかったみたい」

勉の耳にしか届かない、自嘲塗《じちょうまみ》れの呟き。

堂々とした見た目とは裏腹に、茉莉花は慄《おのの》いている。

無理もないと思う反面、虚勢《きょせい》を張ってでも前に進もうとする気概《きがい》が眩《まぶ》しかった。

「……そうか」

「うん」

ふたりがこれから向かう学校にはたくさんの生徒がいて、その少なくない数が件《くだん》のエロ画像を目にしている。

彼らが向けてくる奇異《きい》の眼差《まなざ》しに、茉莉花は生身ひとつで立ち向かわなければならない。

たとえ自らが引き起こしたトラブルの結果であろうとも、年頃《としごろ》の少女にとって過酷《かこく》な状況であることには変わらない。

ツイッター上で『ＲＩＫＡ』のアカウントから数多《あまた》のエロ画像を投下していた際には、現実とインターネットの間に立ちはだかる不可視の壁《かべ》に守られていた。

それは、あまりに薄《うす》くて頼《たよ》りなくて——でも、無限の距離《きょり》を隔《へだ》てる防壁《ぼうへき》であった。

現実には、その壁がない。リアルの茉莉花はノーガード状態なのだ。

——俺がしっかりしないとな。

『女の子が困ってたら助けるのが男ってもんだ』

記憶の中に刻まれた史郎《しろう》の忠告が脳裏《のうり》に甦《よみがえ》る。まったくの同意であった。

覚悟《かくご》を新たにすると同時に、思わず手のひらを強く握りしめてしまった。

茉莉花の手がビクリと震え、怪訝《けげん》な色合いを湛《たた》えた瞳が勉に向けられる。

「……どうかした？」

「何でもない」

「そう？」

「ああ」

「ならいいけど」

それ以上の追及《ついきゅう》はなく、ただ脚を動かすだけの時間が過ぎる。

お互《たが》いに無言ながら、しっかり繋いだ手のひら越しに妙《みょう》な緊張《きんちょう》を感じた。

居心地《いごこち》の悪さをごまかすために襟元《えりもと》を緩《ゆる》めていると……唐突に茉莉花が口を開いた。

あくまで視線を正面に向けた状態で、さり気なく。あるいはさり気なさを装《よそお》って。

「ね、昨日言ったこと、本気？」

「本気だ」

「――ッ！　せめてどれのことかぐらい聞きなさい」

「聞いても聞かなくても同じだろう」

「むぅ～～」

ぶんむくれてしまった茉莉花は、すぐに真剣《しんけん》な表情に戻った。

「……私みたいなのと一緒《いっしょ》にいたら、狩谷《かりや》君に迷惑《めいわく》が掛《か》かっちゃうよ」

「自分から手を繋いできて言うことか、それ？」

「そ、それは……その、そうなんだけど……」

勉の手を握りしめたまま蠢《うごめ》く茉莉花の指使いが怪《あや》しい。

官能的な感触に、ついつい生唾《なまつば》を飲《の》み込んでしまう。

「ひとつ訂正《ていせい》しておくが――俺はお前のことを迷惑だなんて思ってない。心配しなくても俺は立華の傍にいる。俺が好きでやっていることだから気にするな」

「ほんと？」

「ああ。立華が俺を必要としなくなったら……逆に全力で縋《すが》り付くつもりだ」

「ばか。そんな日ぜったい来ないから」

「ほら見ろ、聞いても聞かなくても同じじゃないか」

「むぅ〜〜〜〜〜、狩谷君、何か変なものでも食べたの？」

「どうしてそうなる？」

「だって……カッコいいし」

「褒《ほ》められて悪い気はしないな」

「あ、うん、そーだねー」

微妙に引っかかる言葉尻《ことばじり》ではあったが、温かみのある声色《こわいろ》でもあった。

ひと晩中悩《なや》みに悩んだアレコレは杞憂《きゆう》で終わりそうだった。

『立華　茉莉花』は復活した。

彼女と並んで街を歩くこの時間が、たまらなく嬉《うれ》しかった。

◇

「あ、そうだ」

茉莉花がおもむろに空いている手でスマートフォンを操作し始めた。

何かを思い出した風に見せてはいるものの、どうにも胡散臭《うさんくさ》い。

程なくして勉のポケットに入っていたスマホに振動《しんどう》が走る。

話の流れを汲《く》めば、発信源が誰かは考えるまでもない。

「なんだ？　話したいことがあるなら直接話せばいいだろう」

「ふふ〜ん。まぁ、見てみなさいって」

「はぁ」

気が乗らなかったが、満面の笑顔を浮かべている茉莉花には逆らえない。

何が悲しくてすぐ隣で手を繋いでいる相手とインターネットを介《かい》してメッセージのやり取りをしなければならないのか。科学技術の進歩が生み出したコミュニケーションの歪みに辟易《へきえき》しつつ、端末《たんまつ》を取り出してディスプレイに指を滑《すべ》らせる。

瞬間《しゅんかん》、勉の頭のてっぺんから足のつま先まで稲妻《いなづま》が貫《つらぬ》いた。

天地がひっくり返ったような圧倒的《あっとうてき》な衝撃《しょうげき》。

動揺に震える身体を抑《おさ》えることができない。

メッセージの送信元は予想どおり茉莉花だった。それはいい。問題は——彼女から送信されてきた写真だった。

これまで散々お世話になってきた『ＲＩＫＡ』のアカウントにアップされているものよりも、ひとつランクが上の画像。

先日より茉莉花が『お礼』と称《しょう》して送りつけてくる画像と同レベルの代物《しろもの》。

つまり、顔が隠《かく》されていない茉莉花のエロ写真だ。


スラリと伸びた長い脚は網目《あみめ》のタイツに覆われている。

肢体《したい》のラインがはっきり出るハイレグは黒いエナメル質が輝いている。

誰もが目を惹《ひ》かれるたわわな胸の膨らみは、その北半球が大胆《だいたん》に晒《さら》されている。

両手首には白いカフスが、首元には蝶《ちょう》ネクタイのチョーカーが。足元にはハイヒールが。

そして——頭には黒いウサギの耳が。

そう、バニーガールだった。


「な、な、な……」

舌がもつれて言葉が出ない。

『立華　茉莉花』こと『ＲＩＫＡ』とバニーガール。

裏垢ではコスプレ写真を掲載《けいさい》することもあったから、おかしなことは何もない。

でも——この組み合わせはヤバい。

心当たりがありすぎる。

——ま、まさか……

かつて勉は自らの裏垢から『RIKA』にバニーガールのコスプレを希望するリプを送りつけたことがあった。

お互いに相手の正体を知らなかった頃《ころ》の話であったし、採用はされなかった。

その代わりにチャイナドレスの写真が掲載されて、彼女の正体に迫《せま》ることができたのだから、世の中はつくづく奇々《きき》怪々《かいかい》に過ぎる。

それはさておき……電子の世界において勉と茉莉花は互いの裏垢を通じて繋がっていたが、両者は対等な関係ではなかった。

勉は茉莉花の裏垢を知っているが、茉莉花は勉の裏垢を知らない。

勉にとっての『RIKA』は神だが、『RIKA』にとっての勉はどこの誰とも知れないフォロワーのひとりに過ぎない。

だから茉莉花は勉の要望や嗜好《しこう》を知らないはず……だったのに……

「な、なんでこんなものを？」

「ん？　知りたい」

Matsurika.

上目遣《うわめづか》いで小首をかしげて、可愛《かわい》らしい仕草で問いかけてくる。

これは聞く必要などないのではないか。確定ではないか。どう見てもバレてるだろ。

そう思いはしたが、一縷《いちる》の望みをかけて尋《たず》ねた。尋ねざるを得なかった。

「あ、ああ」

「しょーがないなぁ」

イチイチもったいつけてくる最中も、茉莉花の手はギュッと勉の手に絡まっている。

ほんの僅《わず》かな動きさえ見逃《みのが》すまいとする強烈《きょうれつ》な意志を感じた。

――いったいどうしてこうなった？

理解不能にしても限度があるだろうに。

誰もが羨《うらや》むであろう通学路で、いつの間にか尋問《じんもん》が開始されていた。

「ヒントその一、ベッドの下」

「は？」

茉莉花の唇から零れ落ちた単語は、勉の想像していたものではなかった。

奇襲《きしゅう》に次ぐ奇襲で頭の中がメチャクチャにかき乱される。

「ヒントその二、机の引き出しの裏」

「……」

混乱の荒波《あらなみ》に飲まれてしまった思考回路をどうにかこうにか再起動させて、彼女の言葉を反芻《はんすう》する。

意図が掴《つか》めないにもかかわらず、妙に引っかかる。

ベッドの下に机の引き出しの裏。思い当たるところが——ある！

ハッとして茉莉花を見つめると、彼女はニヤリと人の悪い笑みを浮かべていた。

「ひとり暮らしだからかなぁ。狩谷君、油断しすぎ」

「お、お前、俺の部屋を漁《あさ》ったのか⁉」

茉莉花は答えなかった。沈黙《ちんもく》は肯定《こうてい》だった。

彼女を家に招いたのは一度だけ。先週末の金曜日だ。

大雨に降られて行き場をなくした茉莉花を自宅に引き入れ、泊《と》めてやった。

心身ともに疲労《ひろう》して眠気《ねむけ》に負けたふたりは、お互いに別の場所で早々に身体を休めた。

勉はリビングのソファで。茉莉花は勉の部屋のベッドで。

そして、ふたりは朝までぐっすり……と思っていたが、事実は少々異なっていたようだ。

「エロ本漁りは基本でしょ」

「ど、どこの世界の基本だ！」

「こ・こ」

クスクスと笑う茉莉花は憎《にく》らしいほど魅力的《みりょくてき》で、だからこそ一矢《いっし》報《むく》いたくなる。

勉はずり落ちた眼鏡の位置を直し、ことさらに冷静ぶって反撃《はんげき》を開始した。

「ほ、ほう……いいだろう。せっかくの頂き物だ。早速《さっそく》有効活用させてもらおう」

「え」

大きく目を見開いた茉莉花の目の前で、わざとらしくスマホを弄《いじ》ってみせる。

操作は難しくもないし時間もかからない。

あっという間にバニー茉莉花が勉のスマホの壁紙《かべがみ》に設定されてしまった。

ディスプレイ越しに見つめてくるバニーガールが素敵《すてき》すぎて、感動に打ち震えてしまう。

こんなお宝をいつでもどこでも持ち歩けるとか最高だった。

最先端《せんたん》な科学技術の進歩に感謝せずにはいられない。

なお、隣では茉莉花が口をパクパクさせている。

——しかし……この写真、やけに気になるな。

なぜここまで心惹かれるのか、これは一考に値する疑問だ。

しげしげ眺《なが》めてみると、すぐに従来の写真との違《ちが》いが判明した。

「いい表情《かお》だな」

今まで蒐集《しゅうしゅう》してきた『ＲＩＫＡ』の写真は、いずれも顔が隠されていた。

茉莉花から直接送られてきた『お礼』画像は、いずれも笑顔だった。

このバニーガール茉莉花の顔は――どちらでもなかった。

耳まで真っ赤に染まった顔。勉だけに向けられる潤《うる》んだ眼差し。

羞恥の感情と大胆な誘惑《ゆうわく》のポーズ。そのギャップがあまりにも直撃《ちょくげき》だった。

「ば、バカじゃないの⁉　そんなの誰かに見られたらどうする気なの？」

我に返って猛烈《もうれつ》に詰《つ》め寄ってくる姿すら可愛らしく思える。

「別にどうもしない」

「ぐぬぬ……」

想定していなかった（らしい）カウンターに肩を震わせていた茉莉花は『そう来るなら、こっちだって……』などと物騒《ぶっそう》なことを口走りながら猛烈なスピードで自分のスマホを操作して、思いっきり勉に見せつけてくる。

「んなッ⁉」

今度は勉が絶句する番だった。

表示されていたのは――勉だ。

眼鏡は外され、目蓋《まぶた》は閉じられている。

一方で口元はだらしなく緩んでいた。

隙《すき》だらけな寝顔《ねがお》だった。

「たたた、立華、これはッ」

「昔の人はいいこと言うよね。『早起きは三文の徳』って」

茉莉花を泊めた翌日、土曜日の朝。

勉は彼女が朝ごはんの準備をする音で目を覚ました。

つまり……茉莉花は勉より先に起きていた。そういうことだった。

「待て、その写真を壁紙にするのはやめてくれ！」

間抜《まぬ》けな寝顔の壁紙なんて誰《だれ》かに見られたら……想像するだけで死にたくなる。

「狩谷君がその壁紙やめてくれたら、やめてあげる」

「お断りだ。絶対にやめない」

即答《そくとう》した。断言した。

肉を切られて骨を断《た》たれようとも、守護《まも》らねばならないものがある。

「うわ、必死過ぎて引くわー」

「言ってろ」

口ではどうこう言いつつも、ふたりの手は固く握《にぎ》りしめられている。

ひとしきり睨み合って、口論して、笑い合った。

茉莉花と一緒に過ごす朝は、心が温かく弾《はず》んだ。

◇

「……それにしてもさぁ。狩谷君ってズルくない？」

「ズルい？　何がだ？」

唐突かつ身に覚えのない誹謗《ひぼう》中傷は聞き捨てならなかった。

「だって、私がよわよわの時にあんなこと言うの……ほんとズルくない？」

「……あんなこと、とは？」

口走ってから失敗したと悟《さと》った。

茉莉花の横顔がエライことになっている。

「あんなことって、それはその、私のこと……とか。そーゆーの」

「言ったらマズかったか？」

「普通《ふつう》さぁ、メンタル弱ってるときに付け込《こ》むのは良くないって思わないかな？」

「普通の定義が曖昧《あいまい》過ぎる」

『狩谷　勉』十六歳《さい》。

人生のほとんどを恋愛ごととは無縁《むえん》に過ごしてきた男である。

『普通』だの『常識』だの『フェア精神』だの求められても困る。

「狩谷君……はぁ、そーゆーところが凄《すご》く狩谷君だよ」

「それで、返事を聞いてないんだが」

ずっと気になっていたことだ。

さすがに昨日の状況《じょうきょう》で答えを急《せ》かすのは憚《はばか》られたが、いつまでも待たされたら頭がおかしくなってしまう。

茉莉花の安否と並んで昨晩の勉を大いに悩ませていた問題だった。

中間考査後のカラオケボックスで告白してくれた茉莉花を引き下がらせた件を思い出し、頭を抱《かか》えてのたうち回っていたのだ。

『よくもまぁ、あの状況で立華は堪《こら》えてくれたな』と。

自分はたった一晩ですら耐《た》えられそうにないと思ったし、実際に一晩が限界だった。

「へ、返事⁉」

声を裏返らせる茉莉花。その顔は真っ赤だった。

変な汗が白い肌《はだ》を煌めかせ、瞳《ひとみ》はキラキラと輝《かがや》いていて。

自分で目にすることはできないけれど、きっと勉も同じ表情をしている。

「ああ、返事だ。YESかNOか、それだけでも教えてほしい」

「……ねぇ、それワザと言ってる？」

「本気だ」

九十九パーセント確信している。自信はある。

それでも、言葉が欲《ほ》しかった。

「返事はその……」

「その？」

「えっと……あのね……」

「……」

「『察して！』みたいな？」

「察しろと言われてもなぁ」

顎《あご》に手を当てつつ首を捻《ひね》った。

なお、勉に向けられる茉莉花の眼差しは胡乱《うろん》げに澱《よど》んでいた。

「ねぇ、本当にワザとやってない？」

「何でそんなことしなくちゃならんのだ？」

「いや、その、羞恥《しゅうち》プレイ的な」

「立華、お前……俺はそこまで変態じゃないぞ」

「狩谷君は立派な変態でしょ」

「何ッ⁉」

「何よ！」

お互いに睨《にら》み合い、火花を散らし合う。

ややあって、茉莉花が大きく息を吐《は》き出した。

「わかったわよ。じゃ、じゃあ……言うから」

「お、おう」

自分で要求したくせに勉の声は上擦《うわず》っていた。

茉莉花の漆黒の瞳が、真正面から勉を捉えている。

視線に負けないよう、ギュッと彼女の手を握りしめる。

「えっと……私は、その……」

「……」

「狩谷君が……」

「……ああ」

「すき」


茉莉花の声が優しく耳朶《じだ》を打った瞬間、勉の全身を駆《か》け巡《めぐ》る血が沸騰《ふっとう》した。

頭の中は真っ白になって、視界がチカチカして、心臓が早鐘《はやがね》を乱打する。

喉《のど》はカラカラで、呼吸は絶え絶えで……でも、最高の気分だった。

「……狩谷君？」

「すまん、感動のあまり死ぬところだった」

「何言ってるの？　病院行く？」

「いや、大丈夫だ。それにしても……カップルとは毎日こんな会話を交《か》わすものなのか？」

「う～ん、今まではこんなことなかったんだけど……どうなんだろうね？」

疑問に疑問で返してきた茉莉花が、頬《ほお》を赤らめながらコホンと軽く咳払《せきばら》いをひとつ。

そのまま何回も深呼吸を繰《く》り返し、瞳をスマートフォンのディスプレイに向けて――小さな小さな声でポツリと呟《つぶや》いた。

「……ケジメ、つけないとね」

「ケジメ？」

茉莉花は軽く頷《うなず》いただけで、勉の問いに答えなかった。

「裏垢ってさ、ネガなイメージあるよね」

「……ああ」

ひと言で彼女の言わんとするところを察した。

「特にエロ系って、なんかコミュ障拗《こじ》らせた女がうんたらかんたらとかさ、ちやほやされてエスカレートするとかさ。まぁ、私に関しては間違《まちが》ってないんだけど」

「立華」

「私はその……動機が不純ってゆーか……ううん、裏垢自体が不純か。でも……今回の計画のために始めたけどさ……私、アレやってるとき、結構マジで救われてたんだよね」

「……そうか」

「うん。フォロワーの中に凄い人がいてさ。私を見て『生きる気力を貰《もら》ってる』とかガチなの。ちょっと引くこともあったけど、メチャクチャ嬉しかった。『ここにいてもいいんだ』『誰かの役に立ってるんだ』って、私の方こそ元気貰ってた」

「……」

悲壮《ひそう》な表情を浮かべていた茉莉花に声をかけようとした口が縫《ぬ》い止《と》められてしまった。

どう考えても、そのフォロワーは勉の裏垢に違いなかった。

タイムマシーンがあったなら、過去の自分をぶん殴《なぐ》ってやりたい。

まわりまわって色々と台無しである。今さら後悔《こうかい》しても、もう遅《おそ》かった。

せめて動揺《どうよう》がバレないように、ギュッと茉莉花の小さな手を強く握りしめた。

細かい手の震《ふる》えを力ずくで押さえ込んで有耶無耶《うやむや》にする心づもりだった。

――べ、別に構わんのだがな。『元気貰った』って言ってたしな。

心の中で言い訳した。明かされない真実があってもいい。


「でも、もう止《や》める」


落ち着いた声に潜《ひそ》む固い決意を受け取った。

茉莉花の裏垢を許容するかどうかについては、迷いがあった。

彼女の奔放《ほんぽう》な気質を好ましく思う自分がいて。

彼女の裸体《らたい》が他人の目に晒されることを嫌悪《けんお》する自分がいた。

他者との関わりを避《さ》けてきた勉には、どこまで干渉《かんしょう》していいのか判断できなかったのだ。

悩みに悩んだ末に、勉は彼女の意思を尊重すると決めた。丸投げしたとも言う。

そして――決断は下された。

目蓋を閉じた茉莉花は、額にそっとスマートフォンを押しあてた。

ほんのわずかな沈黙の後に——白い喉が震え、桃色《ももいろ》の唇が言葉を紡《つむ》いだ。

「今までありがとうございました。私……裏垢やってよかった」

細い指で無機質なディスプレイの表面を撫《な》で、茉莉花は端末をポケットに放《ほう》り込んだ。

勉は一部始終を目に焼き付け、『RIKA』の結末を自分のスマートフォンで確認《かくにん》した。

『RIKA』のアカウントは——消去されていた。

わずかな時間の空白があった。

俯《うつむ》いていた茉莉花が顔を上げた。

「……ッ」

この上なく柔《やわ》らかい笑顔《えがお》だった。

とてもとてもきれいだと思った。

「行こう、狩谷君！」

「ああ」

「私たちさぁ、これから大変だよ」

「自分で蒔《ま》いた種だろう」

「うん。まぁ、そうなんだけど。彼氏《かれし》なんだから、とことん付き合ってよね」

「それは俺のセリフだ。ウンザリするほど付き纏《まと》うから覚悟しろ」

「はいはい、引くわー」

「……お前な」

ふたりで顔を見合わせて笑った。爽《さわ》やかな笑顔だった。

いよいよ学校が近づいてきて、周囲には生徒が増えてきた。

学年主席と学校のアイドルのカップルが目立たないはずがない。

以前なら煩《わずら》わしいと切って捨てたその眼差しが、今はやけに誇《ほこ》らしい。

見上げると晴れ晴れとした空がどこまでも広がっていて、その青さに感動を覚えた。

――本当に……色々あったな。

茉莉花と関わるようになってからは激動の連続だった。

いいことばかりではなかったが、終わり良ければ総《すべ》て良し。結果オーライ。

最高の恋人《こいびと》と手を繋いで登校なんて、そんないかにもな青春が自分に訪《おとず》れるとは思ってもみなかった。

前途《ぜんと》は多難かもしれないが……ふたりでなら、きっとどうにかなる。どうにでもなる。

根拠《こんきょ》のない確信があった。

「悪くないな、こういうの」
「狩谷君、贅沢《ぜいたく》言いすぎ」

あとがき

お久しぶりです。鈴木えんぺらです。

みなさまに応援していただいたおかげで、こうして『ガリ勉くんと裏アカさん（以下略）』の第二巻をお届けすることが出来ました。

この第二巻はウェブ版における本編パートの第三章と第四章を元にアレコレ弄ったものとなっております。


そう、本編。

ここまでが本編です。

ただし『最初に考えていた』ですけど。

思わず行を開けて意味深に強調してしまいましたが……何はともあれ、ここまでたどり着くことができたわけでよかったよかった。一巻打ち切りになったらどうしようかと受賞以来ずっと頭を悩ませておりましたものでして、安堵の気持ちもひとしおであります。

ウェブ版の段階で約十九万字あって文庫一冊に収まらなかったんですよね。

……とか思ってたくせに、いざ続刊が決まるとなると書き下ろしを加えて三巻構成にできないかな～とか考えてしまうあたり、我ながら実に度し難い。

調子に乗って第三巻出せなかったらシャレにならないので初志貫徹しました。


さて。

この第二巻の内容については未読の方がおられるかもしれないので触れませんが、執筆当時の思い出など語って文字数を稼ごうかと思います。

さっき『ここまでが最初に考えていた本編』などと言いましたが、実は第二巻に該当する部分、特に後半については、ウェブ版の段階で初期構想から大きく修正を加えています。

当時は前半部分を公開しながら後半部分を執筆していたのですが……まぁ、何と言うか『この展開、つまらないな』と自分で思ってしまったわけでして。

でも、もう半分以上掲載しているのに今さらどうすればいいのか？

そんな風に頭を抱えていた私に道を示してくれたのが『うみねこのなく頃に』でした。

そう、ここでチェス盤を（以下略）。

それでは謝辞を。

ＨＪ文庫編集部のみなさま。

第二巻にゴーサインを出していただき、ありがとうございます。

担当編集Ｓ様。

校正原稿を真っ赤に染めて送り返した第一巻に比べれば多少マシになった（つもり）とは言え、相も変わらずギリギリまで修正だらけのデータを送りつけたり、あれやこれやと無茶振りかましまして手間を取らせてしまいました。この場を借りて厚く御礼申し上げます。

小花雪先生。

念願の（自主規制）なシーンに最高なイラストをいただきました。

勉と茉莉花のふたりを、いっそう華やかな姿で世に送り出せることへの感謝を適切に表現する言葉が思いつきません。

そして、この小説に携わっていただいた多くの方々。

この第二巻の発売をもって、みなさまへの恩返しとなれば幸いです。

で。

この小説がこれからどうなるのかは、あとがきを書いている現段階では判明しておりません。

話としてはキリがいいところまで行きました。

ここで終わっても、あまりモヤモヤした感じにはならないと思います。

でも、続けることができるのであれば続けたい。それが作者としての偽らざる本音です。

ウェブ版では『後日譚』↓『第二部』と続いているのですが、正直に言うと内容に満足できていないというか……ぶっちゃけ受賞とか書籍化とかが決まる前に『これから十年くらいかけてゆっくり書いたらいいか（笑）』みたいなノリで始めてしまった部分でして。

もしも続きを書く機会をいただけるならば、そのあたりも念頭に入れて新しい展開にできたらな～とか考えております。

……まぁ、取らぬ狸の何とやらにすぎませんが。

とにかく！

再びお会いできる機会に恵まれることを願いつつ、いったん筆を置こうかと思います。

ここまでお付き合いいただき、本当にありがとうございました！

すみません。

あとがき、まだ終わりません。

みなさまにお伝えすべき大ニュースがございます。

紙書籍でお買い求めの場合は帯の裏面を見ていただけると発表されていますが……な、な、なんと本作『ガリ勉くんと裏アカさん』のコミカライズ企画が進行しております！

掲載先は『電撃だいおうじ』様で、マンガ化してくださるのは『花咲まひる』先生です！

マジかよ？

マジです！

キャラデザを一足先に拝見させていただきましたが、これがスゴイ！

感動のあまり、つい思わせぶりなことをツイート（当時）してしまいそうになる右手を、今日まで必死に押さえ込んでおりました。

冗談です。

テンション上がりまくったのは本当ですが、迂闊なお漏らしは決していたしません。

どこに向かってアピールしているのかは置いておくとして……ヤバい、茉莉花最高すぎません？

こんな可愛い子のあ～んなシーンとかこ～んなシーンが読めるようになるとか、これはもはや奇跡と呼んでいいのでは？

コミカライズ企画の詳細については、たぶんＨＪ文庫様か電撃だいおうじ様から随時情報公開が行われるはずです。

私も楽しみにしておりますので、みなさまも楽しみにお待ちいただければと思います。

それでは、今度こそお別れの時間です。

またお会いできる日が来ることを心より祈っています。

HJ文庫 https://firecross.jp/
1108

ガリ勉くんと裏アカさん 2 散々お世話になっているエロ系裏垢女子の正体がクラスのアイドルだった件

2023年9月1日　初版発行

著者――鈴木えんぺら

発行者―松下大介
発行所―株式会社ホビージャパン

〒151-0053
東京都渋谷区代々木2-15-8
電話　03(5304)7604（編集）
　　　03(5304)9112（営業）

印刷所――大日本印刷株式会社

装丁――coil／株式会社エストール

Printed in Japan

ISBN978-4-7986-3263-6　C0193